岩　波　現　代　文　庫

石の肺

僕のアスベスト履歴書

佐伯一麦
Kazumi Saeki

文芸 327

岩波書店

はじめに

日本語では石綿（いしわた・せきめん）とも呼ばれるアスベストは、そもそもギリシャ語で「永久不滅の」という意味を持つことに由来します。人間は、その不滅の有用性によって多くの恩恵に与《あずか》ったとともに、現代に生きるわれわれは、その不滅の危険性にさらされています。

ぼくは純文学を書いている作家です。そのぼくが、なぜアスベスト禍についてのルポルタージュを書くのか、けげんに思う方も多いにちがいありません。

実はぼくは、一九八四年にデビューをして作家となる以前から、飯の種として電気工をしており、作家になった後も十年間は二足の草鞋《わらじ》を履いていました。その電気工をしていたときに、アスベスト禍にあい、アスベスト曝露《ばくろ》によっておこる胸膜炎（当時は肋膜炎《ろくまくえん》と言いました）をおこし、筆一本になることを余儀なくされました。

ぼくは作家になって二十三年を迎えますが、その前半は、アスベストの現場と重なり、後の半分は、アスベストの後遺症を案じながらの作家活動を送っています。台風や寒波に見舞われたときなど、気圧や気温が急に変動すると、決まって喘息《ぜんそく》の発作が起き、入院や数日通院して薬の点滴を受けなくてはいけませんし、いつか中皮腫《ちゅうひしゅ》になるのではという不安は一生つきまといます。若い頃に親しんだ野球や水泳を思い切り楽しむこともできない現状です。そういう理由から、自分の作家生活はアスベストと共にあった、といっても過言ではないと思っています。

二〇〇五年の六月に、クボタショックが起こったのをきっかけに、アスベスト禍に対する世間の関心も急速に高まりました。それと同時に、自分でもそれまで吸ってしまったものは今さら仕方がない、と封印してきたアスベスト禍の体験が解けていきました。

原稿依頼を受けて執筆した「文藝春秋《ぶんげいしゅんじゅう》」の手記がきっかけとなって、それが新潮社ノンフィクション編集部の風元正氏の目に留まり、強く単行本化をすすめられました。アスベスト関連の本が、クボタショック以来、多く出版されるようになり、ぼくも切実な思いから、できる限り目を通すようにしてきましたが、実際にアスベストを吸った現場での体験者の話がほとんどない、ということを痛感させられました。

思い返せば、自分が電気工をしていたときに出会った職人のひとたちは、言葉で表現するのが苦手でした。この社会が成り立っていくためには、誰かが危険な仕事に携わらなければなりません。そうだとしたら、そうした労働の現場の実際も誰かが書かなければいけない。それは、そうした経歴を経て作家となった自分の仕事なのではないだろうか、とぼくは思い始めるようになりました。

取材を通して、アスベスト問題は、この国の現在噴出しているさまざまな問題——企業や国の隠蔽《いんぺい》体質。談合。いじめ。耐震構造偽装疑惑。格差社会。差別問題。雇用格差。棄民政策——そうしたものの原点ともいえることにも次第に気付いていきました。

住み心地の悪い老朽化した住宅を〝匠《たくみ》〟と呼ばれる建築士が設計して改修する「大改造!! 劇的ビフォーアフター」というテレビの人気番組を御存じの方も多いでしょう。日本では、そうした改築改装の現場は巷《ちまた》にあふれています。現場では、バールでアスベストが含まれている元の壁や天井を取り壊したりします。

「ビフォーアフター」は、解体の際にアスベストが含まれていないかどうかの調査が必要になったり、アスベスト除去の対策をするのに時間がかかるようになり、毎週の収録が間に合わなくなり、レギュラー番組ではなくなった、と聞いています。社会では解体費用がかさむので無防備なまま、アスベスト対策を施すことなしにそれらの解体作業が日常茶飯に行われてきたのが実情です。その意味で、アスベストは皆さんの身近にもあります。建築現場で働いていたひとはもちろんですが、一般の市民にも曝露する可能性があるのです。また、これから自宅の改修や建て直しを行う際には、市民もアスベストへの対策を取ることが余儀なくされます。

この本が、そんな皆さんへのアスベストについての理解と、アスベスト禍から身を守るための助けとなれば幸いです。

佐伯一麦

二〇〇七年一月

目次

序章　国の指導で吹き付けた

早津《はやつ》三良《みつよし》さんの話

「どうですか、取材は進んでますか」

二〇〇六年五月、アスベストの取材をはじめたばかりの頃、ぼくは自宅近くのバス停で近所の人に声をかけられました。

ぼくが住んでいるマンションは、仙台市内にある山というよりも丘といった方がふさわしい小高いところの頂上に立っています。すぐそばにはテレビアンテナの鉄塔が建っているような場所です。

早津三良さんという七十四歳になるその男性は、丘の南斜面に開かれた百戸ほどの分譲地の上の方に一戸建てを建てて住んでいます。そして、定年後から、自宅近くの空き地となっていた崖地《がけち》を耕して本格的な自家菜園をはじめたといいます。

ぼくは、散歩をしているときにときどき顔を合わせて、自家菜園を眺めさせてもらったり(そこからは、海までがひらけて見わたせて気持ちがいいのです)、大根や里芋など自家製の野菜のお裾分《すそわ》けにあずかることもあります。

そんなつきあいの中で、ぼくがいまアスベストのことを調べて本を書いている、という話も出たのでした。

「実は、私もアスベストには浅からぬ縁がありましてね。だから、身体《からだ》の方もちょっと心配してるんです」

と早津さんはいいました。

ストライプのシャツにジーンズ、首にネッカチーフを巻いていたり、とお洒落《しゃれ》な早津さんは、印刷工場の社長をしていたと聞いたことがありました。

「ぜひ、その話をくわしく聞かせていただけませんか」

とぼくは頼みました。

了解を得て、数日後、ぼくはさっそく早津さんの家を訪れて、話を聞くことにしました。

「私が入ったのはセロハンの会社なんですよ。セロハンを加工して、印刷してたわけですけどね。

昭和三十(一九五五)年に会社に入ったわけですから、まだ戦後間もない頃ですよね。これは、ポリエチレンをチューブにしたものに印刷したものなんですけどね、特殊な刷りかたで外から刷ってる。一、二、三、四色ですね」

早津さんは、見本のセロハン印刷された砂糖の袋を手に説明しはじめました。

昭和三十年に入社といえば、まさしく日本の高度成長期をになってきた世代といえるでしょう。

「昭和三十五年ごろから、グラビア式の印刷がはじまったんです。その頃インスタントラーメンが発売されたでしょ。その袋を印刷してたんです。それで、ただ印刷するんじゃなくて裏側にポリエチレンをはって、袋にしたり機械にかけて。

私が仙台にきたのが昭和三十七年。そのころまだグラビア印刷機がなくて。印刷団地にうつったときに初めてグラビア印刷機を入れて、操業始めたわけですよ。

あのころグラビア印刷やってるのは仙台で二軒だけ。その頃は、まだ消防の規制があまり厳しくなかったんですよね。

ところが、グラビア印刷ってのは非常に乾きが悪いもんですから、乾きをよくするために、希釈する液に揮発性の高い有機溶剤を使うわけですよ、いわゆるシンナーですね。

一分間に百五十メートルとか二百メートルとか刷るには相当溶剤を飛ばさないとみんなブロッキングしちゃって次の色にくっついちゃって、もう品物ができなくなるわけですね。そのために、溶剤を大量に使う。

それを飛ばすにはどうしたらいいか、ということで、乾燥に赤外線ランプ使ったりね、いろんな電気のヒーター使ったりしたもんです。零細工場が多かったもんですからね、東京なんかでは火事がしょっちゅう出たんですよ。

小さい零細のグラビア印刷やってるところは危険だ、ということで非常に厳しくなったんです」

——それで、アスベストが必要になってきたんですね。

「そうです。消防署の査察ってのがあってね、そのころ私の前任者がずいぶんいじめられたんですよ、このままではできない、と。

当時の仙台の印刷団地の工場は、だいたい鉄骨作りの簡単な、鉄骨が剝《む》き出しのね、天井も張ってなくて、いまでいえば掘っ立て小屋に毛がはえたようなところだったんですけどね。そこで操業してたんですけども。

前任者が、昭和五十二、三年頃だと思うんですよね、要するに防火区画として、他の用途に使ってる部屋との間に仕切りをちゃんと入れて、隣家への火事がでたときの延焼もおさえないといけないといわれて。

それから、インクの貯蔵庫も、消防法にのっとった建て方しなきゃいけない、とずいぶん金使わせられたんですよね。

天井にもね、貼《は》ったんですよ、アスベスト。やってはごまかし、ごまかしして、やってたんですけど、何回も消防署が査察にきて、くるたんびに、これでは不充分、これでは不充分、て、いわれてるところで、私が前任者から引き継いだのが昭和五十八年ごろだったんですよ。

このままではあなた操業できませんよ、許可しませんから、と消防署に言われて、しょうがなくて言うなりに、ある程度またアスベスト吹き付けて、その下に耐火性のボードをアスベストが下に落ちないように天井に貼ってもらって、それで何とか許可がおりたんですけどもね。

そうする前は、吹き付けたアスベストがけっこう落ちたりしてました。ぺたぺたぺたぺた落っこちるんでね、けっこう巻き取りで七十センチぐらいの紙幅で印刷しますからね、巻き取りになってるもんですから、厚みもいろいろなんですけども、普通の厚みだと直径四、五十センチあるような厚みになっていて、それが機械の上をこう、通っていくわけですよね、三色なら三回、五色なら五回、通っていくわけです。それが、上から落下するものがあると、食品衛生法の問題がでるわけですよ。異物混入、というとうるさくなってきた時代だから、そういう問題もあってね」

天井にアスベストを吹き付けた頃

——国が、アスベストを使うことを義務付けていたわけですね。一九七五年にアスベストの有害性がわかって吹き付けアスベストが禁止されたのですが、アスベストそのものは使用禁止とするのではなく、管理して使用することになって、人工の鉱物繊維であるロックウール(岩綿)に、茶石綿や白石綿といったアスベストを約三パーセントから三十パーセント混入させて吹き付けていたわけです。

早津さんは、その頃、アスベストの害については知っていましたか?

「いいや。当時、私らはぜんぜん知らなかったわけだけど、チクチクしてやだね、っていう程度の感覚しかなかったわけ。

剝き出しだから、落っこってくるわけですよ。吹き付けてるけど。

結局、新しいところに吹き付けたんならある程度くっつくんだけど、建ってから時間が経《た》っているので、ほこりやなんか異物が表面についているわけですよ。ひととおり、鉄骨にも、ペンキやなんかが塗ってあるんだけど、そういうのも古くなってるし、それと一緒に剝《は》がれて落ちたりするわけですよ。
ほこりみたいなもんだね。場合によっては、バタッと落ちることもあるわけ。接着のために、生のアスベストにセメント混ぜて、ポンプで吹き付けながらくっつけるわけですよ。天井に吹き付けるわけだから、物理的に言って落っこっちゃうの当たり前なわけですよ」

――アスベストの厚みとか色はおぼえてますか？

「厚みはそうねえ、二センチぐらい吹き付けたんじゃないかな。耐火一時間構造物として形をとどめておけばいい、という条件なんです。消防法で決まってるんですけども。そういう条件なら許可するよ、って言われて。色は、だいたい白っぽい。それにセメントの色のようなややグレーっぽかったな。

いずれにしても、そこは場所も狭いし、印刷の色も少ないもんだから、使い勝手の悪い中途半端《はんぱ》な工場だったんで、このままではしょうがない、とおもってるところに、別の工業団地に移る話が出てそっちへ移ったんです。平成二年でしたか。

そのときはもう、アスベストに替わって珪《けい》カル板にかわってたんですよ。珪酸カルシウムの、ちょうど発泡スチロールの板みたいなのを張ればいい、ということで。アスベストから逃れられるんだってことで、建てる前に消防署に来てもらって、古い工場みてもらって、平成二年に建てて、三年から操業はじめたんですよ。その新しい工場では、アスベストは使っておりません。天井裏にも断熱材いれたけど、それはグラスウールだったですね。いちおう消防法に基づいてますけれども、印刷機も増やして、今でも後任の者がやってます。

だから、アスベストに対する危険性は、その頃、平成二、三年には消防署なんかではわかってたんだと思います。でも、こっちは今みたいにそんな危険なものだなんて意識はぜんぜんなかったですけれども」

当時は、珪酸カルシウム板は、アスベストが含まれてないというふれこみでしたが、いまでは、じっさいは一九九四年までアスベスト含有のものが製造されており、含有率は、五〜二十五パーセントが多かったことがわかっています。

スティーヴ・マックィーンの死因

実は、三、四年前、ぼくの家の近所で火事が出たことがありました。消防車のサイレンが間近に近付いてくるのに驚いて、火災現場に向かうと、高齢の主人が石油ストーブを点《つ》けたまま給油していてあふれた灯油に引火したということでした。火傷《やけど》をした主人はすでに救急車で運ばれた後で、火事そのものはさいわいボヤですみました。

そのとき、出火した家の隣人だったのが、早津さんでした。

「たまたま、あのときは、ぼくが初期消火で助けた、というので表彰されたんですけども、消防署での表彰式にいくと、そこに、これじゃだめだ、アスベストをもっと吹き付けろ、吹き付けろって、かつてぼくらをさんざんいじめた担当の人がえらくなっていたわけ(笑)」

――そうだったんですか(笑)。消防服(防火服)にも、もちろん以前はアスベストが含まれていたのでしょうね。アメリカの映画スターのスティーヴ・マックィーンの死因はアスベストによる悪性中皮腫《ちゅうひしゅ》だったのですが、それは、車やバイクが好きだったマックィーンはレースに良く出ていて、そこで身に着けたマスクや耐火服に使われていたアスベストが原因ではないかともいわれています。(海兵隊で輸送船のアスベスト除去にあたったことが直接の原因とする説もあります)

ところで、早津さんの目から見ても、まだまだアスベストがそのままになっているところはあるでしょうね。

「それはもう。散歩してると見つかるんですよ。郵便局の隣の自動車学校の車庫にいっぱいついてましたよ。半分外のガレージみたいなとこ。あれもやらされたんでしょうなあ、そうしないと許可しない、ということで。

でもアスベストを、取るとなるとまた大変だと思うんですよ。そのままになってましたね。完全な除去は難しいだろうね。

うちの印刷団地にあったところの工場は、向かいの会社に売ったんですけどね、倉庫にしてて倉庫なくすときに全部なくなっちゃった。でももうひとつの印刷屋さんなんかはそのままだから、おそらく残ってるんじゃないかな、と思いますよ」

火気を扱う印刷工場ということはありますが、かつてアスベストはどこにでもふんだんに使われていたのですから、早津さんと同じような経験をして不安に思っている人たちは多いでしょう。

お宅を辞去すると、門まで見送ってくれた早津さんが、近くの家の屋根を指差して、

「あれもアスベストだね」

「ああ、そうですね」

とぼくは苦笑しました。

たしかに、ぼくの目にも覚えのある、アスベストが含まれているクボタの製品の「カラーベスト」という名のスレートの屋根でした。

今度は、ぼくのアスベストとの関わりを話す番でしょうか。ぼくの「アスベスト履歴書」とでもいうべきものを次からの章で記すことにしましょう。

第１章　電気工になった日

最初の対面

「なんだろう、これは」

それが、ぼくが初めて、壁や天井一面にびっしりとアスベストが吹き付けられているのを目にしたときに、心のなかで発した言葉でした。

ホコリのためか、いくらか黒く薄汚れている灰色のそれは、子供の頃に食べた菓子の落雁《らくがん》が湿気《しけ》ったような、ぶあつい絨緞《じゅうたん》のようなものの表面が、みょうに毛羽だっている、という感じです。

一九八二年十月、東京都の世田谷区にある団地の汚水処理場の建物の中に、蓄電池の交換をしに親方とともに入ったときのことでした。

汚水処理場は、浄化槽、つまり巨大な汲《く》み取り式トイレの中だと思ってもらえばいいでしょう。汚水を、そのまま下水へ流すのではなく、いったん、沈下槽で濾《こ》してから上水のみを排水する仕組みで、その後、公共下水道に接続するようになって撤去されました。

蓄電池は、停電になっても汚水ポンプのモーターが回るようにと、自家発電装置をうごかすのに使うもので、自動車のバッテリーを大きくしたようなものがいくつも並べられています。

「なんですか、これ？」

とぼくは傍らの親方にきいてみました。

「ア□□スト」

親方はくぐもった声でこたえました。「ピロティ」だとか「エントランス」だとか、そういう横文字のあやふやな言葉を発するとき、親方の声は小さく早口になります。

「えっ」

とぼくが聞き返すと、

「だから、アスベストだって」

親方は怒ったような口調になりました。

はっきりと、アスベスト、と聞き取れたわけではありませんでしたが、後で図書館ででも調べてみよう、とぼくは思いました。建物の一階が柱だけで共用に使われるようになっている部分のことを「ピロティ」と呼ぶこともそうやって知りました。

職人は学校の先生のように親切には教えてくれません。聞いてもうるさがられるだけです。挙げ句の果てには、理屈いうな、と怒鳴られるのがおちです。

後進の者は、先輩の黙々とした仕事ぶりから技を見て盗み、気がゆるんだときに何気なく発せられた言葉から自分で意味を見付けなければなりません。

——いまから二十四年前。

ぼくは電気工の見習いになってまだ日が浅く、二十三歳でした。親方は、いま四十七歳になるぼく自身とだいたい同じ年ごろだったでしょうか。

「火事にならないようにだ」

なんでわざわざ、こんなボソボソした見栄《みば》えの悪い壁にするんだろう、と心のなかで首をかしげたぼくを見て取ったように、めずらしく親方がぶっきらぼうな口調ながら説明しました。

ふーん。ぼくは、あいまいな気持ちで、そんなものなのか、と思いました。

この仕事に就いて二ヶ月ほど。

ぼくは、いままで見過ごしてきた街の裏側にあるさまざまなものの存在を知って、目を丸くすることばかりのまいにちを送っていました。

例えば、天井だとばかり思っていたのが、実は天井裏にあるコンクリートのほんとうの天井から下ろされている吊《つ》りボルトに支えられた石膏《せっこう》ボードで、その中には電気の配管だけではなく、空調ダクトや水道の揚水管や排水管、ガス管などさまざまな太さのパイプが走っているにぎやかな世界があること。

一見なんの変哲もない壁の中にも、電気のスイッチやコンセントの配管が隠されてあり、地面の中にも電気の高圧ケーブルや水道管やガス管が、まるでプレーリー・ドッグの巣穴のように張り巡らされてあること。

団地などの集合住宅では、水道の水をいったん建物の上の高架水槽に揚水ポンプで揚げて貯《た》めてから、落差を利用して各戸の水道へと運ばれるが、メンテナンスが悪いと、高架水槽は水アカばかりか鳥の死骸《しがい》などが入っていることもあって、飲み水は意外ときたないこと。

電気屋は設備屋といわれる水道屋と組んで仕事をすることが多く、一緒になった水道屋から、「拒食症の子供がいる家はすぐわかるんだよ。たとえ水洗便所になってても、どっか酸《す》っぱいにおいがするから」と教えられたこと。

そうした感心したり驚いたりしたことの中では、〈アスベスト〉という聞き慣れない単語を知ったことは、さして気を惹《ひ》かない出来事として、ぼくには受けとめられたのです。

それでも、百科事典で調べてみて、アスベストとは、繊維状になった鉱物のことで、漢字では「石綿」ともいうことを知り、小学校や中学校の理科の時間にアルコールランプとともに使った石綿金網のことを思い出したり、高校生の頃、マンションに住んでいる友人の家を訪ねたさいに、一階の駐車場の壁や天井の表面が、やはり同じように薄汚れて毛羽だったものでおおわれているのを見たことがあったのを思い出して、あれも防火のためだったのか、といくぶん腑《ふ》に落ちることもありましたが。

作家を目指して

その二ヶ月前の八月末の午後。

ぼくは、京王線千歳烏山《ちとせからすやま》駅の北口に降り立ちました。手には履歴書を持って。

一九七七年の十二月に、高校を卒業間際《まぎわ》に上京してから、ぼくは、週刊誌のフリーライターを四年した後は、書店員、マンホール清掃員、プールの監視員、マネキン配達の運転助手、ビール工場の製造員、液晶ガラス工場の検査員……、といったアルバイトで食いつないでいました。

いまならさしずめ〝フリーター〟と呼ばれるところだったでしょう。

高校生のときから小説の習作をはじめたぼくは、小説家になることを目指していました。

はじめて書いたのは、新聞配達をしている少年を主人公にした「朝の一日」というタイトルの小説で、それには小学生のときから新聞配達をしていた自分の体験が反映されていました。

周りからは、小説家になりたいなら、大学の文学部に入った方がいい、と言い諭されましたが、十八歳のぼくは、ともかくいっこくも早く社会に出たい、とあせるように思い詰めていました。

それにぼくは、高校紛争の時以来の中退者をなんとしても出したくないという学校側の温情で結果的に卒業させてもらったものの(文芸誌の新人文学賞を受けたときに、新聞に載った略歴が中退となっているのを見て、母親があわてて、卒業証書が送られてきている、と電話をよこしてわかりました)、中退になってもかまわない覚悟で、卒業前から東京に出て来て職探しをしていた身分でした。

高校三年生の秋に、就職を希望したぼくのために、五年ぶりに就職指導の窓口ができました。「リクルート」の就職試験を受けて不合格になったときに、その就職指導の担当になった教師から、学校の恥だ、とさんざん嫌味を言われて、ぼくは高校の世話にはならずに、就職先を見付けることにしたのでした。

しかし、アルバイト情報誌などもまだなく、新聞に載っている求人情報は、大卒相手だったり、車の普通免許が必要など、ぼくの条件では就職先はそう簡単には見付かるはずもなく、小さな出版社の面接を受けては、大卒でなくてはだめだと門前払いをくって、「誰かぼくを雇って下さい」とつぶやき、目に涙をにじませながら外濠《そとぼり》通りを歩いたこともありました。

結局、高校の化学の教師(ぼくを中退扱いにさせないために、努力してくださったとあとで知らされました)が、十年前の卒業生に頼んでくれ、そのつてで、高田馬場にあったフリーの週刊誌記者たちが集う事務所で下働きをするようになったのでした。コネはいやでしたが、現実の前では仕方ありません。それに、そのときは、書く仕事に近い世界に身をおいた方が小説家になる近道だと、ぼくはばくぜんと思いえがいていました。

原稿の受け渡しや資料の収集といった手伝い仕事からはじめて、やがて短いコラム原稿を任されるようになり、二十歳を過ぎた頃からは、署名入りの原稿も書かせてもらえるようになりました。

漫才ブームのさなか、いまは亡《な》き横山やすし氏に二十四時間密着取材して深夜自宅にまで上がらせてもらったり、『私、プロレスの味方です』が評判だった村松友視《ともみ》氏や、監督第一作として『泥の河』を撮ったばかりの小栗康平《おぐりこうへい》氏に会ってインタビューする機会を得たり、といった仕事は、刺激的で充実しており楽しい日々でした。

けれども、深夜、西武新宿線の新井薬師《あらいやくし》前駅に近い四畳半の間借りの部屋(家賃一万三千円で台所は外、トイレは下に住んでいる大家さんと共同)に帰って、机の上にいつも置いていた、高校時代から書き継いでいた小説の原稿(これが後に三島由紀夫賞をいただくことになった「ア・ルース・ボーイ」の原型となりました)が、ずっとそのままになっているのを前にすると、お前は小説を書きたくて上京したんじゃなかったのか、これで満足なのか、と自問自答が湧《わ》きました。

……今年の文芸誌の新人賞の応募締め切りにも間に合わなかった。

という落胆の中で、ぼくは思い切って、ライターの仕事を辞めることにしました。

それから一年間、定職に就かなかったのは、もちろん新人賞を取って作家としてデビューすることを夢見ていたからです。しかし、三度目の応募でも、せいぜい予選通過者に名前を見付けるところまでしかいきませんでした。

その間にぼくは結婚して、子供も生まれていました。

崖《がけ》っぷちのアパートで

結婚して、最初は、新井薬師前駅近くの妙正寺川《みょうしょうじ》を見下ろす崖っぷちに立っていた六畳と二畳のふた間のアパート(ベランダにあとから増設された簡易の風呂場《ふろば》がありました)に住み、次に大塚の六畳と四畳半の古いけれども一応マンションと呼ばれる賃貸の建物に引っ越したものの、猥褻《わいせつ》なイタズラ電話魔につき狙《ねら》われて妻の精神状態が不安定になってしまい、すぐにまた引っ越しをして、思い切って都心を離れた川崎市多摩区の六畳と四畳半の木造アパートに移りました。

そこは、多摩川べりに近く、大家さんが栽培している梨《なし》畑に隣接した、環境にはめぐまれたところで、歩きはじめた子供の手を引いてよく散歩したものです。ですが、たびかさなる引っ越しで、まさに〝引っ越し貧乏〟という言葉どおりに貯《たくわ》えもなく、子供が病気にでもなったらすぐに行き詰まってしまう暮らしぶりでした。

このままでは家族を養っていくことはできない。そろそろ年貢《ねんぐ》も納め時で、定職に就かなければ、とぼくは思うようになりました。かといってものを書く仕事では、元の木阿弥《もくあみ》になってしまう。小説を書いていくことにはまだ未練がありました。

そこで、勤務時間が定時で上がれる割に給料がいい仕事、というと、ぼくには肉体労働の仕事しか思い付きませんでした。今度ばかりはアルバイト情報誌ってわけにはいかないだろう。そう思い込んだぼくは、襟を正す気持ちで飯田橋の職業安定所(いまのハローワーク)の門をくぐったのです。

〈調理士。飲食店店員。警備員。製版工。運転手。大工。旋盤工。塗装工。左官工。鉄筋工。電気工。機械工……。〉

クリアケースに入った求人募集のファイルにある多くの職業を前にして、ぼくはちょっとした昂奮《こうふん》をおぼえました。

若くて健康な肉体を持っている自分は、これらの何者にでもなれるという思いと、これで人生がきまってしまうという思いとが、ないまぜとなりました。

ぼくは、電気工のファイルを手に取ってみました。

小学生の頃にアマチュア無線の免許を取ったり、真空管ラジオを作ったりするのが好きで、電気のことなら人並より少しは知ってるつもりでしたから、何となく一番馴《な》染《じ》めそうな気がしたのです。それに、電気工をしていた叔父さんの仕事ぶりを見たことがあったのも大きかったかもしれません。

そのファイルの中から、見習いも可で、ぼくが住んでいた川崎市多摩区の京王稲田《いなだ》堤《づつみ》の駅から歩いて十分ほどのところにあるアパートから、交通が便利そうなところにある電気工事会社をさがしました。

学歴不問、車の普通免許の資格がいらないことも条件でした。

同じ京王線の沿線沿いにあった工事店の求人票を窓口に持って行くと、眼鏡をかけた柔和そうな顔付きの婦人が電話をかけてくれ、そこで、即面接することが決まったというわけです。

その日のうちに、指定された千歳烏山駅近くの団地の一室に足を運ぶと、社長は現場に出ていて留守で、おかみさんに履歴書を渡しました。

おかみさんは、それを見ることもなく、とにかくいま手がなくて困っているので、勤まるかどうか明日から来てみてほしい、ということでした。

ベトナムズボンの親方との出会い

翌日、朝の八時過ぎに団地に足を運ぶと、入口のところにルーフに伸縮式のハシゴをのせた軽の白いワゴン車が停まっていました。

ぼくは、昨日おかみさんに言われたとおりに、鍵《かぎ》のあいていた車の助手席に乗って社長を待ちました。

間もなく作業着姿の男が小走りに団地の階段を下りて来ました。身長は百七十四センチのぼくよりは少し小柄ですが、横幅があってがっちりしており、いかつい顔に坊《ぼう》主頭《ず》。昔いたプロレスラーの大木金太郎に似ている。それが社長でした。

電気工事店の場所は、そこから車でものの三分とかからないところにありました。三十坪ほどの土地に、住居と事務所を兼ねた建物と、その裏にプレハブの六畳ほどの広さの倉庫。おかみさんは団地に、社長と息子はここで寝泊りしているということでした。

倉庫で着替えてくるように、と社長はいい、ぼくに作業着を渡しました。胸のところに、電気工事店の名前が入っており、ズボンは両脇《わき》と尻《しり》のほかに、両腿《もも》のところにもポケットがついていました。(後で、ベトナムズボンと呼ぶことを知りました)

ぼくが着替えている間、社長は倉庫から工事に使う部品らしいものをワゴン車へと黙々と運んで積んでいました。そして、ぼくが着替えるのを待って、すぐワゴン車を出発させました。

「ほかの人たちは?」

とぼくはたずねてみました。

会社は株式会社になっていたから、それなりの規模の電気工事会社だと想像していました。

「いいや、誰も」

ぶっきらぼうに社長が答えました。ハンドルを握っている左手の指が欠けているのを目に留めて、ぼくはぎくっとしました。

「手伝ってくれてたギターマンのあんちゃんが辞めちまったから、ずっと不便してたんだ」

「……あの、ちゃんと高校を出ていなくてもいいんでしょうか」

そのとき、自分が高校を卒業したとも、中退したともわからなかったぼくは、そんな言い方で訊《き》きました。

少し話が逸《そ》れますが、ぼくはいまでも、自分が高校卒だということには、嘘《うそ》をついているような、ためらいをおぼえます。

教室ではお客さん扱いだったぼくは、出席日数もまるで足りず、いま問題になっている教科未履修もいいところだったからです。卒業証書を返上しようかと思ったこともありますが、卒業させるように努力してくれたという先生のことを思うとできかねていました。

高校の未履修問題の報道をテレビでみるたびに、ぼくは、これまで教科未履修のまま高校を卒業して大学に入った人たちは、そんなふうに思うことはないのだろうかと思ったものです。ぼくがいた高校でも、カリキュラムは受験のために特化されていましたし、多かれ少なかれ、進学校と呼ばれる高校は、昔からそういうことがあったのではないでしょうか。

自分たちも世間から大目にみてもらって生きてきたことを、この国のエリートたちにも認めてもらわないと、いまのこの国に巣くっている建て前と本音の二枚舌や、早い者勝ちの既得権の問題は片付かないのではないでしょうか。少なくともぼくは、自分の来し方を美しいなどと形容することなどできません。

それから、少し前に、韓国の大学入試で、携帯電話を使ったカンニングがおこなわれたことが報道されて非難されたことがありました。けれども、自分たちもそういえた義理ではないのではないか、とそのときぼくは感じました。

自分たちだって、たまたま試験に出るところのヤマカンが当たったり、たまたま塾や予備校で習ったところが出たり、たまたま直前に暗記していたことが役立ったり、ということも多かったのではないでしょうか。そして、そのたまたまを、いったん試験に受かってしまおうものなら、自分の学力だと信じて疑わなくなってしまう。もちろんそうしたハードルを楽々と越えていく実力がある人がいることも今は認めますが。

ぼくはそんな受験の成績に一喜一憂するよりも、もっと実社会の手ごたえを知りたいと思いました。小学生のときから、貧乏人の家の子供みたいでみっともない、と両親から反対されても続けた新聞配達を通して、ぼくはこの世にはさまざまな家々や人々が存在していることを実感してきました。

そして小説を書くためには、皆同じように見えるエリートの世界だけでなく、そんな多くの人々のことを知らなければ、とも思いました。

そんなことも、ぼくが作家を目指しながらも、大学に進まなかった理由の一つです。

ぼくの不安を打ち払うように、

「そんなことはかまわんよ。おれだって中卒だし」

と社長は屈託なくかぶりを振りました。ぼくは救われた思いがしました。

「とりあえずは、工事用の黒板に字さえ書いてもらえればいいや。おれ字書くの苦手だから」

そのときから、超零細な電気工事会社の社長は親方となって、ぼくはただ一人の従業員として親方の手伝いをする電気工見習いとなりました。

給料は日給月給制で日給八千円。(見習いとしては、当時まあまあいい額でした)ボーナスはなし。交通費は定期分を支給。

勤務時間は、朝八時十五分から。(ぼくが千歳烏山駅前の立ち食い蕎麦屋《そばや》でおにぎりを二個買い込んでからワゴン車で支度をしながら待っていると、NHKの朝の連続ドラマを見ながら朝食を摂《と》り終わった親方がおりてきます。毎朝、紅茶にひたして厚切りのパンを四切れ食べると聞いて、それじゃあ一斤《きん》じゃないか、と驚いたものです。そしてぼくは、親方が工事店の前に置いている自動販売機から缶コーヒーをもらって、最初の現場に向かう途中の車内の助手席でおにぎりを食べます。親方は、車の運転は好きなのでまるで苦にならない、というのが口癖でした)

終わるのは、午後六時頃まで。(というのは、現場から会社まで帰ってくる時間が、その日の現場までの距離や交通渋滞などでまちまちだからです)

それから、親方は、事業主と従業員が同じなので労災に加入できない、いわゆる「一人親方」で、労災保険や健康保険、厚生年金などの福利厚生制度はありませんでした。

要するに、「弁当とケガは自分持ち」ということでした。

いつかはクラウン

親方の仕事は、都営住宅や公社・公団住宅など、いわゆる団地の電気設備の修繕工事が主でした。このときも、親方が「メンテ」「メンテ」と口にする言葉が「メンテナンス」を指しているのだと気付くまで時間がかかりました。ビルや団地などの建物は、建てられてから二年間は瑕疵《かし》期間といって、新築工事をした業者が修繕工事に当たることになっています。それを過ぎると、親方のところに修繕工事が回ってくるというわけです。

団地の外灯や階段灯、廊下灯などの共用灯、非常灯の修理。揚水ポンプや汚水ポンプを動かす制御盤の修理や改造。空家になった室内の照明器具やスイッチ、コンセントの取り替え。漏電してしまった配線の改修、火災の復旧工事、個人の家の修理……。東京都のだいたい西南半分のあわせて計八万世帯ぐらい――小さい市一つほどになる団地のメンテナンスを請け負っていた親方について、ぼくは、都内中の団地を連日駆け巡るようになりました。

また、その仕事の合間に、断水や火災、外灯の不点灯、電気室に侵入したネズミや蛇などによる短絡(ショート)事故などといった連絡を緊急センターからポケットベルで受けると、やりかけの仕事を急いで片付けて、親方と二人、工事用具を積んだワゴン車で現場へと急行しなければならず(羽田空港の近くの団地から武蔵野の外れにある団地まで向かうようなこともしばしばでした)、休日も盆も正月もないといった日々でした。

渋滞していることが多い都内の道路をノロノロ走りながら、親方は問わず語りにいろいろとこれまでのことを話してくれました。

鹿児島出身で、集団就職で上京して電気工事会社に入り、団地の改修工事の現場代人をしていたときに、酒も煙草《たばこ》もギャンブルもやらない性格を役所の人たちに買われて、緊急時には深夜でも車で向かわなければならない団地のメンテナンス工事を独立してするようになったこと。(見合いで結婚したおかみさんも同郷で、そういわれてみると同じ鹿児島出身でいまは相撲部屋のおかみさんになった歌手の高田みづえに似た感じがありました)

民間の仕事に比べて、お役所の仕事は儲《もう》けは少ないが、支払が手形ではなく現金なのでありがたいこと。

ぼくの前は、スタジオミュージシャンを目指していたバンドマンで、その前は芝居をしている若者。お父さんを亡《な》くした家に工事に行ったら、高校生ぐらいの子供が家でぶらぶらしていたので、バイトしないかと誘って働いてもらったこともあること。そのいかつい外見からは想像がつきませんが、親方はそうした若者の生き方に、なぜか理解がありました。だからぼくも、小説を書いていることをすなおに打ち明けることが出来たのです。

「じゃあ、あんたが作家先生になったときには、『いつかはクラウン』じゃないが、クラウン買ってもらおうかな。温泉場にでも缶詰めになるときには、おれが行き帰りの運転手をしてやるから」

ぼくの夢を聞いた親方は、そういいました。ちょうどそのころ、車のCMで、「いつかはクラウン」というフレーズが流れており、親方の自家用車は、カローラⅡでした。

仕事は、けっこう愉快でした。

元々野球少年で、高校生のときは水泳部だったぼくにとっては、身体《からだ》をうごかすのは気持ちがいいし、何といっても、汗だくになって穴掘りをして、外灯のコンクリート柱を親方と二人で建てた後のビールがこたえられません。

いまでも、あんなうまいビールを飲んだことはなかった、となつかしく思い出します。

不燃住宅の裏側

働きはじめて一ヶ月が過ぎ、最初の給料(手取りで十六万円ほどでした)をもらった翌日、いつものように仕事に出ると、親方はワゴン車に乗って待っていたぼくを見て、けげんそうな変な顔をしました。

「いや、もしかしたらもう来ないかな、と思ってさ」

今度はぼくが、けげんな顔付きになりました。聞くと、ぼくの前に入った多くの見習いが、わずか一ヶ月で辞めていってしまったらしいのです。

その翌日、親方は腰道具を一式、ぼくのために新しく用意してくれました。

電線の皮を剝《む》く電工ナイフ。電線を切ったり加工するペンチ、ニッパー。ネジを回す+《プラス》ドライバー、−《マイナス》ドライバー。ボルトナットをゆるめたり締め付けるのに使うプライヤ、モンキースパナ。電線同士を密着させて接続するための圧着ペンチ。ハンマー……。

それらの工具とビス袋を吊《つ》るした幅の広い安全ベルトを締めると、さすがに胸の高なりをおぼえました。

地面に穴を掘る。コンクリートに穴をあけ、鋼鉄に穴をあける。電柱にのぼる。ビルの屋上にのぼる。給水塔にのぼる。ビルのパイプシャフトの中にもぐる。汚水槽にももぐる。天井裏をつたう。他人の家の中に入る……。

そんな電気工の見習いとしての日常が本格的にはじまりました。

まいにちの仕事の中では、アスベストはしょっちゅう目にしたり、素手でさわる機会がありました。

親方とぼくが駆け巡っている団地は、一九五五(昭和三十)年に、日本住宅公団が発足してから、つぎつぎと建てられたものです。

ちょうど経済白書が「もはや『戦後』ではない」と述べたその前年、「日本の生活一般の復興はほぼ戦前の水準に達したが、住宅面だけはいちじるしく立ち遅れている」と指摘して、勤労者に低廉《ていれん》な住宅を与えることを目標とし、さらに空襲の火災の教訓のうえに「不燃住宅」の建設を基本路線として打ち出しました。おそらくアメリカを手本としたのでしょう。

「不燃住宅」を作るためには、耐熱性にすぐれたアスベストが不可欠でした。それに加えて、戦後の社会の要請でもあった「プライバシーの確保」を実現するためにも、遮音性にもすぐれたアスベストは有効だったのでしょう。

その証《あか》しとして、日本のアスベスト輸入実績は、一九五五年から一九七〇年にかけて急カーブを描いて急増しました。

見習いのぼくにも、アスベストだと一目でわかるのは、電気室やボイラー室、エレベーター機械室(いまにして思えば、エレベーターのカーゴ、箱の中には酸欠にならないように換気口やファンが取り付けられていますから、エレベーターを利用する人たちが、そこからアスベストを吸入してしまう恐れがあったでしょう)などの壁や天井に吹き付けられているアスベストでした。

そこに付いている照明器具が老朽化して取り替えるときには、セメントとの混ぜ具合によるのか、ふかふかしていたりボソボソしているアスベストの面から古い器具を外して、新しい照明器具を前器具の跡が隠れるように、位置を寸分も違《たが》わせずに取り付けます。

照明やコンセントを増設するときには、電線を入れるビニールや鉄の配管を止めるのに、アスベストの上から直に電気ドリルで穴を空けて、支持金具を取り付けます。そのときには、もちろん、コンクリート粉とともにアスベストが部屋中に舞います。ドリルの振動で、アスベストが大きく剝《は》がれて落ちてしまいでもしたら、素手でできるだけ床から拾いあつめ、水で塗らして固めてペタペタとくっつけて元に戻しておいたものです。防火の役に立つ、こんな大切なものをもったいない、という思いからでした。

それが、後になって、自分の人生にどんな影響を及ぼすことになるものなのか、そのときのぼくは、そして親方でさえも、露ほども知らずにいたのでした。

第2章　二足の草鞋《わらじ》を履く

いっぱしの職人になって

電気工の仕事をはじめて一年半あまり経《た》った一九八四(昭和五十九)年の春頃には、ぼくは親方の手伝いだけでなく、いっぱしの職人として、簡単な現場は任されるようになっていました。

中卒で入ってくる者が多いこの仕事を、いい年をしてからはじめたのだから、ぼくは早く習熟しようと必死でした。

時間があれば、図書館に通って、電気工事の配線図だけでなく、修理する制御盤などの設計書も勉強しました。

親方の場合は、これまでの経験とカンから故障箇所の見当を付けて電磁開閉器(マグネット)やらリレーといった部品を取り替えるのですが、ときどきそれが外れて、また修理に呼び出されることも少なくありませんでした。ですから、ぼくは、制御盤の設計の仕組みや部品の働き方をきちんと学んで、カンに頼らずにピンポイントで修理できるように、と努力しました。

ときどきは、親方も対処のしようがなくて音《ね》を挙げていた修理をこなすことができるようになって、日給も一万円に上がり、前年の大晦日《おおみそか》には、賞与がわりに十万円支給されました。

「いや、ボーナスじゃなくて、トーナスだからさ」

十万円に引っかけて、親方が照れたようにそういいながら手渡してくれたものです。その頃妻は二人目の子供を身ごもっていたので、その思いもよらなかった収入は、とても助かりました。

ところで、何といっても、新築の高層ビルやしゃれていて話題性のある建物の電気設備工事を手がけた、というのが電気工の花形でしょうが、それに比べれば、ぼくが携わっている地味で辛気くさいメンテナンスの仕事は、いってみれば大リーグの3A、2Aなどのマイナーリーグのようなものかもしれませんでした。

それでもぼくは、自分の仕事にそれなりに使命感をいだくようになっていて、メジャーにはい上がろうという気持ちは不思議とありませんでした。（いつか小説を発表したい、という夢を持っていたからかもしれませんが）

建物の医者

この都市に住む人間たちが発するＳＯＳともいえる、修繕依頼伝票や緊急にポケットベルで呼び出されて、さまざまな現場をコマネズミのように駆け巡りながら、故障箇所を解決して回るのは、医者と同じだ、とつくづくぼくは思ったものです。

建物が完成して人が住みはじめたときから、建物は人間の生まれたばかりの赤ん坊同様、死に向かいはじめています。

二年の瑕疵《かし》期間が終わったばかりで、ぼくのところへ回されてくる建物でも、鉄部にうっすらとサビがふいていたりして老朽化がはじまっています。居住者の使い方がわるいと、浴室の換気扇がもうサビついてしまっていて、もはや使い物にならないこともありました。

欠陥工事だったんじゃないの、と住民からは疑いの目で見られましたが、共稼ぎで毎朝シャワーを浴びてから換気扇を止めてしまって出かけて、一日中浴室を閉め切っていたのでは、湿気も取れようがありません。風呂場《ふろば》の点検孔から身体《からだ》を入れて換気扇を取り替えてから、これからは、電気代もそうかかりませんから、換気扇は回しっぱなしにしておいてください、とお願いします。意外と、浴室の換気扇は回しっぱなしにしておいた方が長持ちすることを知らない人は、多いのではないでしょうか。

築二十年も経った建物が、コンクリートはまだしっかりしていても、コンクリートの中に埋もれている電気の配管をはじめ、揚水管、給水管、排水管、ガス管などの腐《ふ》蝕《しょく》が進んで、建物の外壁や通路に新たに露出配管しなければならなくなる改修工事は、さしずめ人間の場合なら、コレステロールで詰まった血管のバイパス手術を行うようなものだといえるでしょう。

それから、建ったときにくらべて家庭で使う電気製品が大幅に増えて、配線の増設につぐ増設をおこなった建物などは、大本の高圧トランスの容量がパンク寸前になっています。パンクしたら、絶縁油として使われているPCB(ポリ塩化ビフェニル)が漏れ出す恐れがあります。

アスベスト問題の前、一九六八(昭和四十三)年に起きたカネミ油症事件をおぼえているでしょうか。

カネミ倉庫で作られた食用油に、熱媒体として使用されていたPCBが混入し、それを摂取した人々に、肌の異常、頭痛、肝機能障害、ホルモン異常などを引き起こし、また、生まれてきた赤ちゃんの皮膚が黒色だったため、全国に衝撃を与えた事件です。

(いまでも全国にPCBが放置されています)

団地に電気設備を新しくする予算があればいいのですが、たいていのところでは予算はなく、そうなると、負荷の回路の系統を工夫して、辛うじてバランスを図りながらトランスがパンクしないように、だましだまし様子を見るしかありません。それはまるで、脳に動脈瘤《りゅう》を持っている人が、破裂するのを恐れながら暮らしているようなものです。

ぼくは眠れぬ夜などに、そうした団地のことを思い出すと、なんとかこのまま何事もなく済んでほしい、と祈るような気持ちになったものでした。

壁の裏の観察者

新築の現場では居住者と接することはありませんが、メンテナンスの仕事だからこそ、ぼくは、都市に住んでいる、それまで想像もつかない暮らし方をしている人間たちにも出会えました。

たとえば、見渡すかぎり人の背丈ほどうずたかく積み上げられた新聞の山、山、山の中、人間が移動するスペースがけものみちのようになっている部屋。（てっきり浮浪者然とした男があらわれるのかと思うと、姿を見せたのは、こざっぱりとした背広姿の眼鏡をかけた小柄な老人でした。さすがに住んではおらず、別に持っている家か

ら通ってきていたようでした）

１ＤＫの団地の一室にロープが張り巡らされ、中央がたわんだ形で、よくもこんなにと思うほどの色とりどりの洋服がぶら下がっている、まるで衣裳《いしょう》部屋のような老婦人の部屋。（その下にベッドと鏡台が置いてあり、全部仕事で着た洋服なのだと自慢した彼女は、映画にも出たといっていましたが、ぼくの知らない題名でした）

醤油《しょうゆ》で煮しめたような浴衣《ゆかた》を着た女がニワトリとともに住んでいる部屋。（主人は銀行に勤めており、その奥さんのとおぼしい部屋には自分も立入禁止なのだといっていました）

壁ぎわに缶ビールとカップラーメンをうずたかく積み上げて几帳面《きちょうめん》に並べている単身赴任者の部屋。

小便が垂れ流しになっているので、土足のままで入ってきてください、といわれた老婆《ろうば》の部屋。

団地の仕事を一緒にやっていた工務店からの依頼で、女性の「作家先生」の家の台所のリフォームの電気工事に行ったこともありました。

打ち合わせにいくと、玄関のたたきに黒いハイヒールが、歩幅の間隔で脱ぎ捨ててあり、あらわれた「作家先生」は、紫色の絹のガウンをまとい、花粉症らしく鼻をテイッシュで押さえ、頭にはピンカールを巻いています。（こんなとき、自分たちの職業は、一般の人からすると、〝透明人間〟のようなものだと実感されました。工事後しばらく経ってから、工務店の奥さんから、雑誌のグラビアに載った、システムキッチンを背に、小さな流しまで付いているカウンターテーブルを前にして着飾ってポーズを取った「作家先生」の姿を見せられました）……

それらは自《おの》ずから、人間観察にもなって、いつか小説で表現してみたい、と思わせられる細部にもしばしば出会うことができました。

見たくないものに触れる仕事

一九八四年三月、親方のところとしては大きな規模の改修工事がありました。

そこは、ぼくが体験した、数あるアスベスト現場の中でも忘れられない現場となりました。

渋谷にあったその建物は、一階と二階は事務所で、その上は公共住宅となっている八階建ての中層ビルでした。小さく間仕切りされて事務所として使われていた一階、二階合わせたフロアーを、大手の英会話学校がまとめて借りて移転してくることになり、その部分の改修工事を発注されたのです。

急に決まったことらしく、四月の新年度の授業は新しい教室で、という借主の強い希望があり、そのために日頃からメンテナンスで出入りしていて実情に詳しい親方の会社に白羽の矢が立ったのでした。

それは、変電室に高圧トランスを増設する工事をはじめ、電灯幹線、動力幹線、分電盤、非常用設備、五百台を超す天井照明器具の改修、それに新たな間仕切りにともなうスイッチ、コンセントの移設といった大改修で、しかも工期が二十日足らずしかないという慌《あわ》ただしさでした。

こんなときに、零細な電気工事店同士は、自分の所の職人を貸したり借りたりして融通し合います。

高圧関係は、専門の業者に下請けを頼み、親方は分電盤や動力や電灯の幹線工事、ぼくは主として照明器具工事を受け持つことにしました。ぼくのところには、よその工事店から二人の手伝いが回されてきました。

ぼくより二つ、三つ年上のTは、これまでも何度かほかの現場で一緒に仕事をしたことがありました。群馬県出身で、中学を出てすぐ、電気工をしている叔父さんのところの仕事を手伝うようになったといい、ぼくよりもよほど現場のことを知っていて教わることが多かったものです。そして、親方に使われている若い職人同士だったので、お互いの親方の悪口を言ったり、いつか独立したら、自分の所の手も貸してやるよ、などと軽口を叩《たた》くこともありました。

一度、Tとともに、公立中学校のトイレの天井裏にもぐって作業していたときのことです。

〈工事中〉という札でも出していればよかったのですが、たぶん急に修理を頼まれたのだったでしょう、その用意もありませんでした。作業をしている途中に、女子トイレに人が入ってくる気配がしました。

ぼくたちは、照明器具を外して、そこから天井裏へと潜り込んでいたわけですが、トイレに入った者は、よもや上の天井に大きな穴が開いていることには気付きません。Tとぼくは、息を殺して、上の方を見やったままじっとしていました。水を流す音がして人が立ち去った気配がして、二人は大きく息をつきました。

何とか〝透明人間〟でいつづけることができましたが、その状況は、とても笑うどころではありませんでした。

こんなふうに電気工事の仕事は、覗《のぞ》きをしているわけではありませんが、見たくはないもの、見てはならないものに触れることが多い仕事です。

もう一人のZさんは、ぼくより十歳は年上で、ふだんはビルの広告灯などを取り付ける仕事が多い、といっていました。

沖縄出身で、やはり中卒で電気工の仕事をはじめた人でした。

ぼくは、電気工の仕事をするようになって、日本の建設現場が中卒の人たちで支えられていることを身を以《もっ》て知るようになりました。それを使う現場監督は、たいてい工業高校などの高卒の人間、そして設計や仕事を発注する役人は大卒でした。

キラキラと光る粉

ぼくたち三人は、予算と工期が短い都合で、天井だけは落とさずにいまのまま使うことになったので、連日天井裏にもぐり込み、トランスがいかれた蛍光灯器具(そこにも洩《も》れたPCBがありました)の修理をしたり、新しく増設する蛍光灯器具を固定する吊《つ》りボルトを取り付けるためのアンカーを打ち込む穴を、振動ドリルで二重天井のコンクリートスラブに開け続けました。

ふだんは軽量ボードの吊り天井の中に隠れている、コンクリートのほんとうの天井には、一九七〇年代に建てられた建造物であれば当然のように、防火、防音のためにアスベストが吹き付けられています。

一部剝《は》がれ落ちたアスベストは、蛍光灯の器具の上にも天井ボードの裏側にも、積もっています。

振動ドリルの刃先がアスベストに当たったときの感触は、綿の繊維の柔らかさと発泡スチロールほどの硬さを併せ持っているといった手応《てごた》えで、まずはドリルの打撃数を落としてブスッとアスベストに突き刺すようにしてから、やがて鉄骨やコンクリートの堅い手応えが伝わってきたらドリルをしっかり持ち直してだんだんに打撃数を上げていくのです。

狭い天井裏には、電気の配線、配管ばかりではなく、給排水管やボイラーの給湯管、ガス管、空調ダクト、そして吊り天井を支えている吊りボルトなどが入り組んで走っており、それらを避けながら、天井のボードを踏み破らないように、ときには腹ばいになって匍匐《ほふく》しては穴を開け続けていきます。

その狭い空間には、アスベストの細かい繊維のほかにも、断熱材のグラスウールやコンクリート粉、金属の切り屑《くず》、埃《ほこり》などが、もうもうと始終立ち籠《こ》めていました。あるものは、かすかに洩れてくる光にキラキラと光りました。タオルで口を覆《おお》っても、狭い空間の中では息苦しくて、とても長く覆い続けてはいられません。

昼めしのほかに、十時と三時の煙草《たばこ》休憩のときに地上へと降りてくるときには、ぼくたちは、顔もすっかり煤《すす》けてしまっています。

パタパタと作業着に付いた埃をはらうと、塵埃《じんあい》に混じってアスベストの細かい繊維が陽にキラキラと光ったものです。

首元からチクチクしたものが入らないように、薄手のタートルシャツを作業着の中に着込むのですが、それでも、家で風呂に入ったときには、湯が沁《し》みるので、膚《はだ》のほうぼうに無数の細かい傷が出来ているのに気付かされます。

そんな作業を三日ばかり続けただけだというのに、ぼくは、たちまち煙草がまるっきり喫《す》えなくなりました。

両切りのピースを日に二箱、二十本は喫っていたのが、食後の一服を口にしただけで、左の胸の鎖骨の下あたりが重苦しくなり、激しく咳《せ》き込むようになってしまいました。Tにもらって、軽い煙草に替えてみても同じでした。

それからは、さすがに煙草を控えたものの、咳はひどくなっていく一方で、やがて痰《たん》もからまってきました。

そんなときでも、設備工などほかの職人の先輩たちに、

「毒を以て毒を制すっていうだろう。そんなのは、煙草吸えば直るよ、ほれ」

と煙草をすすめられれば、吸わないわけにはいきません。おれがすすめたものを断るのか、と後で現場で厭《いや》がらせを受けるのがおちですから。花粉症の時季にも、目を真っ赤にし、鼻水を垂らしながら煙草を吸っていた若い衆がいたものです。

痰には、黄色いかたまりや帆立のキモほどの大きさとなった緑色のかたまりがまじるようになりました。

ぼくは、もともと鼻の奥が副鼻腔炎《ふくびくうえん》になりやすいので、鼻水が鼻から垂れると同時に、膿《うみ》が喉《のど》のほうにも流れてしまうのです。鼻がふさがってしまい、なおのこと呼吸が苦しくなります。

そうなると、作業ズボンのベトナムズボンのたくさん付いているポケットというポケットが、ポケットティッシュと痰を吐き出し丸められた使用後のそれとで、常に脹《ふく》らんでいるようになり、しまいには、ティッシュボックスをそばに置いて作業をするようになりました。一日に二箱以上使ってしまうこともしばしばでした。

TもZさんも、一緒に昼の弁当を食べているときに、箸《はし》を持つ手を休めて、はげしく咳き込んでいることがあり、「まるで、炭坑夫だよな」と煤けた顔を見合わせながら苦笑したものでした。とくにTは、少し心臓に持病があるということで、ときおり天井裏の梁《はり》にもたれかかるようにして休んでいました。

最後は突貫工事になり、ようやくの思いで工期に間に合わせたその現場を離れてから も、ぼくの頻繁に起こる息苦しさと、痰、咳の症状はいっこうに収まることがありませんでした。

ここで言い添えておきたいのですが、アスベストを吸ってから発病するまで、短くても十年、ふつうは二十年以上もかかるといわれていますので、そんな急に症状があらわれるわけがない、と反論なさる方もあると思います。

しかし、密閉されていた空間で、かなりの高濃度アスベストを吸ってしまった経験からすると、吸った直後から、木造家屋の断熱材に使うグラスウールを吸ったときとはちがう感じがしました。

グラスウール(これを吸って喘息《ぜんそく》を起こすことはありますが)の場合は、すぐに喉をガーッと鳴らして痰とともに唾《つば》を吐くようにすれば、喉に引っかかった違和感はある程度取れるのですが、アスベストの現場の場合は、そうしてもいっこうに取れる感じがしないのです。グラスウールよりも細かい物がからまってもっと喉の奥深くへと入り込んでしまったような感触なのです。

これは、ほかのアスベスト曝露《ばくろ》(アスベストを吸い込んでしまうこと)にあった経験者たちに聞いても、皆さん声を揃《そろ》えてそうおっしゃいます。

いまとなっては、グラスウールとアスベストをともに吸ってみる、人体実験でもしなければわからないことですが。（ラットを用いた実験では、グラスウールも発がんに関する潜在的危険性が存在すると考えられています）

死と隣り合わせの現場

その工事で、建物の電気室にある高圧トランスを取り替える作業を下請けの業者が行ったさいには、親方とぼくも立ち会いました。

電気室もボイラー室も、壁や天井は吹き付けアスベストが剥《む》き出しになっています。三千ボルトや六千ボルトといった高圧配線を専門におこなう電気工事会社の責任者は、少し前にも東大病院の電気設備を改修したといいました。

「なんていったって東大だから、電気設備も立派だろうと思ったら、すっかり老朽化してお粗末でした。その工事で、作業者が一人感電死しましてね。ちゃんと停電させてから作業したつもりだったんですが、どこからかループになっている回路があって。図面もなくなってしまっているので、あらかじめ予測するのは難しくて……」

ぼくは、感電死という出来事のわりに淡々と語られるものだな、という印象を持ちました。

それを聞いて、この建物に常駐して電気室と隣のボイラー室の保守点検をおこなっているボイラーマンが、不安そうな面持ちでこんな話をしました。

「この前雑誌に高圧線の下に住むとがんになるっていう話が載ってたんです。何でも高圧送電線から出る低周波電磁波が遺伝子に作用して、がんや奇形児が生まれる可能性があるそうなんです。何だかそういう記事を読むと、隣の電気室で高圧トランスがブーンとうなっている音がやけに気になって仕方ないんです」

たしかに、長いこと変電所づとめをしてると、脳腫瘍《のうしゅよう》やがんになったり、白血病になったりすることが多い、という話はぼくも聞いたことがありました。中には、インポテンツになるんじゃないか、とまぜっかえす者もいましたけれども。

それでも、この時点では、アスベストに対する不安を耳にすることはまだありませんでした。

「そうは言われてますけど、まだ科学的な根拠には乏しいんでしょ。それを気にしてたら、われわれの仕事はあがったりですよ」

責任者はそういうと、無表情な顔付きになって、高圧電気を遮断するための高圧カットアウト操作棒を手にしました。

「海燕《かいえん》」新人文学賞受賞

一九八四年の秋に、ぼくは、当時福武書店(現ベネッセ)から出ていた文芸誌の「海燕」新人文学賞を受け、作家としてデビューするという念願が叶《かな》いました。

受賞作は、高校時代から書き継いでいた作品はひとまず措《お》いて、新たに書いた自分の最初の結婚生活と子供の誕生に材をとった「木を接《つ》ぐ」という題名の私小説ふうの作品でした。

その一年前の桜の時季には、昼休みを利用して現場の近くの書店を探して飛び込んで見た文芸誌(折しも尊敬する文学者だった小林秀雄の追悼特集が編まれた特別号だったことをよくおぼえています)の片隅に、自分の名前が載っていたものの、第二次選考を通過したことを示すゴシックにはなっておらず、落胆させられました。

その日の午後、どうやって足場の上で作業をしていたのかはまるで記憶にありません。

気を取り直して、ぼくは、落選した原稿をもう一度最初から書き直して、ちがう文芸誌に応募することに決めました。応募の締め切りは、ちょうど妻が、二人目の子供を産みに彼女の実家の近くの産院に入院している時期とかさなり、ぼくは仕事が終わってから、明け方まで根を詰めて書きました。

現場で振動ドリルを使った日は、手が震えて、鉛筆やボールペンがうまく握れません。そこで苦肉の策として、左手でふるえがちな右手を押さえながらの慣れない筆書き(筆圧がかからないので、具合がよいのです)で原稿用紙のマス目を埋めました。

年寄りが写経しているみたいだ、と自分でもおかしくなりました。最後の二日間だけは、親方の許しを得て休ませてもらい、執筆に集中しました。

書き上がった六月三十日は土曜日でした。

締め切りの最終日になっていたので、当日の消印を押してもらうよう確認して郵便局の窓口に預けて表へ出たとたん、制限枚数に合わせるために削った箇所が、果してうまくいっているかどうかが気になりました。

急いで踵《きびす》を返して郵便局の窓口へ向かい、いったん手元へ返してくれるよう交渉しましたが、それはできない、と応じられて、ぼくは泣く泣く原稿を手放しました。

その一九八四年九月十四日の夜は、町田のほうまで遠出した現場からの帰りに、ポケットベルで呼び出されました。

緊急の工事かと思いながら、ようやく公衆電話のボックスを探して(携帯電話はまだない頃です)、おかみさんに折り返し電話をかけて、受賞を知らされました。

ぼくはその日に選考会があったことも知らずにいて、まるで思いがけないことでした。

親方は喜んでくれながらも、

「これで、うちには来られなくなるな」

と淋《さび》しそうにいいました。

「いいえ、まだまだ働かせてください。お願いします」

とぼくはあらためて頼みました。

ぼくは、二年勤めた電気工事の仕事にも充実感をおぼえるようになっていて、その仕事を離れることは考えられなくなっていました。

そして、いつか電気工事を職業とする主人公を題材にした小説を書いてみたいとも考えるようになっていました。

坊主《ぼうず》頭の親方と無精髭《ひげ》を生やしたぼくとのコンビは、まるで右翼と左翼だな、と親方は日頃から面白がっていました。

受賞の翌日、「海燕」編集長の寺田博氏から来社するようにいわれて、仕事を午前中で上がらせてもらい親方の運転で赴くと、応接室に通され、そこに同時に受賞した小林恭二《きょうじ》氏も先に来ていました。

寺田氏は、まず小林氏の「電話男」が、新鮮な才能の出現だとして選考委員の圧倒的な支持を集め、次いでぼくの作品が同時受賞とするかどうか話し合われたという選考経過を報告した後、小林氏に受賞作は注目を集めるだろうから次作をなるべく早く書いていただいて本を出したいといい、

「君の場合は、もう少し時間がかかるだろうな」

と、ぼくにふくよかな温顔を向けました。

ぼくは深く頷《うなず》きました。

それから寺田氏は、ぼくの高校中退の学歴や現在就いている電気工という職業について興味を示しました。

小林恭二氏(応募原稿は当時まだ珍しかったワープロで書いたものだということでした。選考会で、ワープロ原稿と筆書き原稿との対照が話題となったとも聞きました)は、これで塾の講師を辞めて作家専業となるつもりだといいました。

それから、前年には、ぼくの二つ下で、東京外国語大学のロシア語学科在学中に持ち込んだ原稿が芥川賞の有力候補となった島田雅彦氏が一足早く学生作家としてデビューしてもいました。

でも、ぼくは、まだまだ筆一本で食べていける実力がないのは、自分でもよくわかっていました。

ぼくは、想像力で物語を作ることができるタイプではなく、自分の見聞や体験を元に作品を作り上げるタイプなので、そのためにはもっと人生の経験を積まなければならないと思っていました。それに、子供も二人になっていました。

受賞式は、十月十一日にホテルニューオータニの宴会場で行われました。

ぼくは、マネキンを運ぶアルバイトをしていたときに、このホテルにあるブティックにも配達したことを思い出すとともに、華やかな会場の壁の中や天井裏がどうなっているのかが、パーティーの間中もずっと気になっていました。

その頃には、ぼくは、初めての家や建物のなかに入ったときに、半ば無意識のうちに、ジロリと三百六十度眺め渡す電気工としての習性ができていました。

どうぞお先に

二足の草鞋《わらじ》を履くことになりましたが、小説を書く時間はあまり取れず、ぼくは翌年に六十枚ほどの短篇を一作書き上げただけでした。

小林恭二氏や島田雅彦氏らは、次々と本を出して注目されていましたが、今のペースでは、自分の著書がいつになったら持てるのかさえ見当が付きませんでした。

「新人賞を取っても、第二作を掲載されるのはその三分の一で、第三作を掲載されるのはそのさらに三分の一だから、本を出すことができるのは、デビューした作家の十分の一に過ぎないんだよ。だから君も、もう一作頑張って書くんだな」

編集者からいわれて、そんな実情もわかるようになり、なおさら自分は、仕事を持ちながら、腰を落ち着けて書いていくしかない、と言い聞かせました。

一九八五年の秋、自分の出身誌の新人文学賞のパーティーに招待されていくと、ぼくのときにも選考委員だった三浦哲郎《てつお》氏にはじめてお目にかかりました。(昨年は、ちょうど同じ日に発表されるノーベル文学賞の有力候補に井伏鱒二《いぶせますじ》氏がのぼっており、その種の騒ぎを好まない井伏氏はどこかの温泉に雲隠れしてしまい、もし受賞が決定したときには待機している三浦哲郎氏が師に代わってメッセージを代読するということでパーティーには欠席していたとのことでした)

「どうですか、書いてますか」

という三浦氏の問いに、ぼくは、はっきり答えることができませんでした。

そんなぼくの苦況を察して、三浦氏は、

「なあに、あわてなさんな。どうぞお先に、と腹を括《くく》ることだよ」

と言葉をかけてくださいました。

そして、笑顔で、

「これは僕が苦しかったときに、井伏先生がおっしゃった、いわば師匠直伝の言葉なんだ」

と付け加えました。

時代の波の先頭を切って泳ぐものは、派手ですが、波飛沫《しぶき》ももろに浴びて早く疲れてしまいます。のんびりと自分のペースで波飛沫を避けながら泳ぎ続ける者が、長い目で見れば結局遠くまでたどり着ける。今考えてみると、それは、井伏鱒二の作家としての生き方でもありました。

興味深いことに、週刊誌のライターをしていたときに取材した横山やすし氏も、

「わしは突撃機で言うとな、一番機ではなく、二番機、三番機でええと思うとる。一番機は派手やけど、真っ先に落とされるやろ、わしは少しでも長くとどまっていたいんや」

と、家に向かう途中、ハイヤーが淀川《よどがわ》を渡っているときに、しみじみとした口調で言っていました。酒に溺《おぼ》れている気配はありませんでした。

やっさん、それから三浦氏を通しての井伏氏の言葉を伝授されたことを、ぼくは一

生の徳と思っています。

第３章　ヤバイ現場

バブル突入とアスベスト

一九八五年の九月には当時のアメリカ合衆国の対外為替不均衡解消を名目とした協調介入への合意であるプラザ合意があって、日本は翌年の一九八六年十一月からバブルへとなだれ込むことになります。

一九八五年に入ると、その予兆のように、新築の建設現場が増えはじめていることが感じられました。

アスベストの輸入量・消費量も、一九七五年に吹き付けアスベストが禁止されて減少傾向にあったものが、一九八五年には再び増加に転じています。

今度は、建材などの加工品として、目に見えない形でアスベストが多く日本国内に出回ったというわけです。

この頃、現場への行き帰りの道で、東急不動産や三井不動産、三菱《みつびし》地所、大京などのマンション分譲会社の大手にまじって、それまであまり聞き慣れなかったリクルートコスモスが、都心の一等地に次々とマンションを建てはじめているのが盛んに目についたことを思い出します。

車の中から、マンションの建設現場の仮囲いに記されている会社名を見て、

「ほら、ここもリクルートだよ。よくこんないい場所に建てられるもんだなあ」

と親方が、たびたび訝《いぶか》しげにいいました。

ぼくは、「リクルート」と聞く度に、高校生のときに就職試験に落ちたことを思い出して、少し耳が痛かったものです。

そんなぼくの思いをよそに、環八を走りながら、親方は、独立する前に勤めていた電気工事会社で、マンションの新築現場の電気設備工事を手がけた話をし出しました。

「大手の○○マンションてあるだろう」

「ええ」

「あそこは、電気工事の材料はみな支給品なんだよ。電線やスイッチ、コンセントに至るまで」

「そうなんですか。それじゃあ、手間賃しかもらえないですよねえ」

「そういうこと」

ぼくは、電気工事の積算の仕方をおぼえ、簡単な見積書を書くことも手伝うようになっていました。それで電気工事店は、工員の手間賃のほかに、照明器具や配線器具（スイッチ、コンセント）、電気製品（クーラー、換気扇）などをできるだけ安く仕入れて、その差額でも儲《もう》けを得ることがわかってきていました。

差益が得られずに、儲けが少ない仕事で叩《たた》かれるのは、結局じっさいに働く下請け、孫請けの電気工ということになります。

「安く働かされてる方は頭くるだろう」

と親方に言われて、

「それはそうですよ」

とぼくも相槌《あいづち》を打ちました。

「すると職人たちは手抜きするんだよ。給湯器の配管をわざと長く引き回してお湯の出が悪くなるようにしたり、電気工だったら、天井裏にわざと余った電線をとぐろを巻いたまま放って置いてきたりとか。どうせ自分持ちじゃなくて支給品だから、もったいなくもねえだろう」

「電線は、ちゃんと端末処理とかしないでですか」

「そんな面倒くさいことはしないよ。ビニールテープも巻かずに、端っこに電気が流れてる電線が剝《む》き出しになったまんま。天井裏にそんなもんがあるとも知らないで住んでる人間はごまんといるだろうよ」

その頃はもちろん、耐震構造偽装疑惑などという問題は明るみには出ていませんでしたが、安いものには、それなりにマイナスの理由があるものなのだな、とぼくは感じました。

個人の家の修理で、修理代金を値切ろうとする客に困らされたことはたびたびでした。修理のやり方さえ教えてくれれば、あとは主人にやらせるから、という主婦もいました。さすがに、わざわざ車で出向いているのに、ただ働きさせるのか、とムカっ腹が立ちました。

人間のやることです。そんなときに、手抜きとまでいかなくても、見栄《みば》えにあまり神経を使わずに荒っぽい仕事をしなかった、といえば嘘《うそ》になります。しかし、あとで役所に告げ口されたりするので物言いには気をつけないといけませんでしたが。

ほかに、たとえば同じスイッチ一つ取り替えるのでも、Aという一流のメーカー品と、Bという二流メーカーの品とでは、耐久性にちがいがあり、もちろん仕入れの価格はちがいます。

同じ修理代金をもらっても、どうせ客は気付かないのだから、感じのよい客にはAの製品を使い、印象の悪い客にはBを使うということもあります。

それから、知らないことをすなおに質問してくれる客には、親切に教えたくもなりますが、たまたま休みで家にいる日曜大工を趣味としているような亭主族に、作業をしているそばから物知り顔でいちいち話しかけられるのは閉口しました。

「ここの団地を建てたときに、何があったのか知んねえけど、頭にきたからよう、水道の本管に丸太棒突っ込んでやったんだって、うちにいた先輩が酔っぱらっていってたもんだよ。そのせいでここいら水圧が低いって話だぜ」

給水塔のある大きな団地で断水が起こって呼び出されていったときに、同じように呼び出しをくった水道屋が、嘘か真《まこと》か知りませんが、そんなことをいっていたこともあります。

日雇い労働者同士が、センベイ一つの取り合いで大げんかをすることがあれば、三時のお茶の缶コーヒーを人数分買ってくるようにと現場監督にいわれて、その金を持ったまま競輪場へ行ってしまったりすることもありました。

それから、現場監督の目を盗んで、日雇い手帳(日雇い労働者の生活を保障するために発行されます。就業した事業所から、この手帳に雇用保険印紙の貼付《ちょうふ》を受けることによって、貼付した印紙の枚数に応じてひと月につき十三日〜十七日分に相当する日雇失業給付を公共職業安定所から受けることができることになっています)に、勝手に印紙を貼《は》るような人もいました。

建設現場の仕事は、結局は末端で働く労働者のモラル次第でどうにでもなってしまうものです。もちろんそのために、それを監視し、検査するものがいるわけですが、見落としは避けられないでしょう。

ぼく自身電気工事の修理をしていて、プラスとマイナスの配線を混同してしまっていたり、と信じられないような例を見てきました。

耐震構造偽装疑惑に勝るとも劣らない現場が、世間にはまだまだあるにちがいありません。……

しかし、その一方で、どんな建設職人でも、誇りや自己満足を得るということもあります。

「このカウンターは桜の一枚板で作ってやったのさ」

チェーンの居酒屋にしては立派なカウンターを背に、奥さんも連れて記念写真に収

まった大工。(いつもは、団地の空き家の修理をしていました。その縁でこちらが電気工事を請け負いました)

「どうだい、この配管のみごとさ、我ながらほれぼれするねえ」

としょっちゅう悦に入っていた設備工。

内装の塗り壁をじつにみごとに仕上げる左官もいました。(感心して見ていると、仕上げにちょっとアスベストを混ぜてやるのがコツだとボソッと教えてくれました)

ぼくも、同じ設計図面からでも、電気材料のメーカーの選定やじっさいに施工《せこう》をする職人の腕や癖によって、出来上がりはずいぶんとちがってくることを知って、工事というものは、楽譜は同じでも演奏家の解釈やテクニックによってまるでちがってくるクラシックの演奏のようなものかもしれない、と思うようになりました。

他人の施工を見て、ブラボーと叫びたいときもあれば、これでよく竣工《しゅんこう》検査が通ったものだとブーイングを浴びせたくなることもあります。

ぼくは、それぞれの施工の癖を読み取って、コンクリートの中に隠れている配管や電線を一ヶ所に集めてつなぐプールボックスの位置関係を正確に把握して修繕するように心がけました。

適正な金と時間を与えてもらえば、自分の仕事にベストを尽くすのが職人というものだと、ぼくはいまでも信じています。

不安の兆《きざ》し

前に記した渋谷の英会話学校の大きな改修工事の現場も体験して、ぼくは、電気工としてのキャリアが一段上がったように自分でも感じました。

仕事を終えた夜、自分がメンテナンスを手がけている何棟も立ち並んでいる高層住宅のそばを通ったときに、整然と切れ間なく外灯や階段灯、廊下灯などの明かりが点《とも》っている様を目にすると、仕事の充実感をかき立てられました。

しかし、その一方で、しつこい咳《せき》には相変わらず悩まされ続けていました。天井裏に潜り込まなくとも、団地の壁や天井に電気ドリルで穴をあけるのが日常なので、仕事を始めたばかりの頃から現場で咳き込むことはよくありました。

しかしそれが、現場を離れて家で寝ているときにも、夜中に激しく咳き込んで眠れないこともあるまでになり、そのせいかいつも胸が重苦しく、しかも夕方になって疲れが出ると、三十八度ぐらいの熱が出ることもありました。

その頃、大きな改修工事で、揚水管や配水管の交換工事を行った設備屋の職人と、ちがう現場で再び顔を合わせることがありました。

彼はよく、配管にアスベストが含まれている保温材を巻いていました。

そのときに、

「あれ以来、何だか身体《からだ》がだるくってよ。あんたはそういうことないかい」

と聞かれました。

「ええ、こっちも咳が止まらなくて」

とぼくが頷《うなず》くと、

「やっぱり。おれ思うんだけんどよ、あそこはもしかすると、ヤバイ現場だったんじゃねえか」

と設備屋の職人は声をひそめました。

それまでも、前々から職人たちのあいだでは、そこで仕事をすると、急病人が続出したり、作業用のエレベーターから転落死するといった、思ってもみない事故が起きたりすることが多い現場のことを、「ヤバイ現場」と呼んで、ひそかに噂《うわさ》されることがあったのです。

「そうかもしれないな……」

ぼくにとって、はじめての不安の兆しでした。

咳が止まらない

咳をこらえながら、ぼくは相変わらず、団地をめぐっていました。

この頃、いままでとは違ったアスベストとの付き合いが加わりました。前年一九八四年十一月十六日、世田谷区三軒茶屋にあるNTT世田谷電話局前の洞道内で火災が発生し、火勢がきわめて強かったために十六時間にわたって燃え続け、約百八十四メートルの区間にわたりケーブル百四条を焼き尽くした、いわゆる「世田谷ケーブル火災」が起こりました。

その結果、世田谷区と目黒区の一部において、一般加入電話八万九千、専用・特定通信回線三千、データ通信設備サービス七十などの回線が、不通になってしまいました。

なかでも大きな被害を受けたのは、当時しだいに拡大しつつあったデータ通信利用企業で、被害を受けた三千のオンライン回線のなかには、M銀行、D銀行など三つの金融機関のホストコンピュータの回線と、VAN業者であるY・システム開発の回線が含まれており、このうちM銀行では、全国二百三十店のオンライン業務がすべて停止してしまったのです。

このように、たった一つの電話局の火災が日本列島全域に及ぶ広範な地域に影響を与えてしまった教訓を受けて、燃えにくい耐熱電線が多く使われるようになりました。その耐熱被膜として使われたのが石綿(アスベスト)紙でした。それから、延焼を防止するために電線をケーブルラックと呼ばれる遮蔽板《しゃへいばん》、耐火板の中を通すようになり、その目張りに石綿のパテを塗るようにもなりました。

同じ頃、役所で半年ごとに配置替えがおこなわれるたびに、机の移動によって足元に設置されているフロアコンセントの位置がずれてしまうので、休日のたびに、その移設工事の注文が来るようになりました。

「こんなもん、各自がテーブルタップで延ばせばすみそうなもんだが、まったくお役所ってとこは、こんなつまらない工事を発注してきやがって。あんたも大学出て、こういう所で働いた方がよかったのになあ」

と親方は不機嫌そうにいいました。

そのとき、アスベストが含まれている、タイルのように薄い板状になったプラスチック系の床材であるPタイルが貼られた上から、床下のコンクリートに何ヶ所も何ヶ所も穴を開け続けたのです。(当時はアスベストが含まれていたとは知りませんでしたが)

コンクリートの粉とビニールが焦《こ》げるにおいは、いまでも鼻につくようです。

もちろん、そのままの状態であれば、Pタイルに含まれているアスベストが飛散する心配はほとんどないでしょうが、なにせそこに振動ドリルを当てたのですから、アスベストの粉は舞ったにちがいありません。

それだけでなく、ぼくたちの作業が終わった後も、とても軽いので大気中にいったん飛び散るとなかなか落ちてこないアスベストは、役所の人間の仕事中にもただよっていたことでしょう。

このときも、口には何も当ててはおらず、ときどき立ち会った役所の担当者も、そのことを注意することはありませんでした。

靴あとで黒く汚れたPタイルにうずくまって作業をしながら、地べたを這《は》いつくばるっていうのは、まさにこのことだな、とぼくは思ったものです。

少しずらした机を元に戻したり、電線クズやコンクリート粉の掃除をするのには、駆り出されてきた親方の奥さんや息子も手伝っていました。それは零細な工事店では当たり前の光景でした。

再びの大改修工事

ぼくが、長い間あまりに咳き込み続けているので、親方も心配し、現場を早く上がることができた帰りに、千歳烏山駅に近い病院で診察を受けました。すぐにレントゲン写真が撮られ、気管支炎だろうという診断でしたが、一度大きな病院で診てもらったほうがいい、と勧められました。

でも、国民健康保険(子供が生まれるときに、二十万円ほどの出産助成金が出ると知ってあわてて加入しました)の三割負担の医療費は自分持ちでしたし、日給制なので休めばそれだけ給料にひびくので、ぼくはなかなか病院に行けませんでした。咳は市販の風邪薬を飲み、熱が出れば市販の解熱《げねつ》鎮静剤を飲む、そうすることでなんとかやり過ごしていました。

そんなとき、わずか二年しか経《た》っていないというのに、英会話学校が借りた現場の改修工事の話がまた持ち上がったのです。

英会話学校は、自社ビルを建てて移転することになり、今度はその後にコンピュータ会社が入るのだということでした。

一九八六年、地価が高騰《こうとう》してバブルが到来した時期らしい出来事だったと、いまになっては思います。コンピュータ回路の電源の配線はノイズが入らないように、専用のトランスを設けて独立させてほしい、コンピュータ間をつなぐLANケーブルの配線も新たに引いてほしい、という要望で、これも二年前に劣らず大改修となりそうでした。

このとき親方は、年度末ということもあって緊急の修繕工事に追われており、区役所関係の工事の入札で知り合いの、十人ほどの従業員を抱えている中小規模のK電設会社に、ほとんどを頼む心積もりのようでした。

大手以外の電気工事会社同士は、大きな仕事を請け負ったときなどには、設計や見積もりの相談に乗ってもらったり、たまたまいくつかの現場が重なって、どうしても手が回らないときには、請け負った工事金額から、予《あらかじ》め取り決めされているわずかな利ざや(一割程度)だけを抜いて、ほとんどそのまま下請けに出すといったこともしばしばです。もちろん、その逆を頼まれることもしばしばで、下請けに出すといっても、ゼネコンが下請けや孫請けを叩《たた》くのとは、少々意味合いが異なるのです。

施工主との打ち合わせや工事写真の撮影、提出書類の作成などはこちらで行わなければなりませんが、K電設の仕事は抜かりがないので、安心して現場を任せることが出来ました。

アスベストは危険だ!

緊急の仕事が入っていない日を見計らって、さっそく現場の下見にK電設のF専務にも立ち会ってもらったときのことです。

「何だよ、ここはヤバイ現場じゃないか」

そのとき、アルミの脚立《きゃたつ》に上って、点検孔から天井裏を懐中電灯で照らしていたK電設会社のF専務が突然声を荒らげました。

そして、下にいる親方と私の方を見下ろして、

「社長、ここの天井裏、びっしり吹き付けアスベストだよ、アスベスト。いま問題になってるんだよ。それも、ずいぶん剝《は》がれてしまってるじゃないの。二年前の改修工事のときには、この天井裏にもぐって作業したんだよね。ちょっとまずかったんじゃないの。こいつはアスベストの除去工事をちゃんとしてもらってからじゃないと、うちではちょっと請け負いかねるかなあ」

と首を傾《かし》げ、

「そういえば佐伯さんも、咳してるみたいだから、気をつけた方がいいよ。アスベスト吸うと肺をやられることがあるっていうから」

とぼくにも忠告しました。

これが、それまでも天井裏ばかりではなく、電気室やボイラー室、エレベーター機械室などの壁や天井といったところでも、しばしば目にしてきた、青みがかっていた

り薄茶色だったりするアスベストが、やはり危険な物質であるらしいことを、ぼくが初めて意識した瞬間でした。

主に区役所の仕事を請け負っていたK電設の社長とは縁戚《えんせき》関係にあるので専務になっているF専務は、ダスティン・ホフマンに似た外見で、専務といってもまだ四十を過ぎたばかりの若さで現場に立つことも多く、よく顔を合わせては気軽に言葉も交わし合うつきあいでした。

ぼくが仕事を始めたばかりの頃には、

「この仕事は電気っていう目に見えないものが相手だろ。だから、臆病《おくびょう》なほど自分で自分を守らなきゃ命を落とすぞ」

と教えてもらったこともあります。

また、親方をはじめ職人というものは、仕事は見ておぼえろ、というふうで、言葉での説明を求めようものなら、理屈をこねるな、と仏頂面《ぶっちょうづら》が返ってくるのがふつうなところを、F専務は電子専門学校を出ていることもあってか、回路図の読み方や見積もり計算の仕方なども勿体《もったい》ぶらずに説明してくれたものでした。(資料に当たってみると、一九八五年には、環境庁が「アスベスト排出抑制マニュアル」を発表し、国が茶石綿と青石綿の使用を廃止しているので、仕事熱心なF専務は、それらのことから

アスベストの危険性を認識していたのだと想像されます）

　しかし、下見を終えての帰り道、F専務から社長と呼ばれていた親方は、ワゴン車のハンドルを握りながら、「Fのやつ嫌だよな、除去工事が必要だなんて、あんな脅かすようなこと言いやがって。アスベストが……、そんなに危ないもんかね……」と苛々《いらいら》した口調でつぶやきました。

　アスベストの除去工事を行うとなれば、見積額もずいぶんと上がってしまう、そのことを案じているのがぼくにも察せられました。（その年の十月に米海軍横須賀《よこすか》基地において空母ミッドウェーの大がかりな補修工事が行われたさいに、大量のアスベスト廃棄物が不法投棄されているのが暴露され、翌年の一九八七年に全国の小中学校に吹き付けアスベストが見付かって社会問題化する以前には、ぼくの知る限りでは、わざわざそうした工事を行うことは、ほとんど見聞きしたことがありませんでした）

「おれだって、三十年近くも、この仕事をしてきて何ともないんだよ。だいたい、鉄骨なんかには、防火のためにわざわざアスベストを吹き付けなきゃならないってお役所のきまりがあったんだから。それにさ、あんただって知ってのとおり、住宅の屋根にだって使ってんだよ、アスベストは。そんなに危ないものだったら、そんなところに使うわけないだろうよ」

いつもどおり渋滞している道で、サイドブレーキを引いた親方はそう言うと、同意を求めるようにぼくの方へ顔を向けました。

頭髪を丸坊主《ぼうず》に刈り上げ、浅黒く日焼けしている親方は、いくぶん肥満気味ではあっても、職人の中では誰にも負けないほど腕っぷしが強く、工事には付きものの切り傷や擦り傷もものともしないほど皮膚も厚く、まさに健康そのものといった風体です。

銀座での工事をしているときに半開きになっていたシャッターで切ったという額の傷あとと、子供の頃にケガをしたという左手の指が欠けているのが、ぶっきらぼうな口調とあいまって、ときどき客の変な誤解を招くこともありましたが。

「ええ、まあ」

助手席のぼくは、いつも首に巻いているタオルの端を口に当てながら、曖昧《あいまい》に頷《うなず》きました。

確かに、屋根材に使われる「アスベスト瓦《がわら》」や「石綿スレート」、それに色を塗った「カラーベスト」などと称されるものはあり、家の屋根にテレビアンテナの設置工事を行うときなどには、踏み割らないように注意が要りました。

親方が言うように、まさかそんな外気に晒《さら》されているところに危険なものを……。

そう思う一方で、このところ咳《せき》がずっと止まらずにいたぼくは、自分に掛けられた専務の言葉が不安に思い返されもしました。

車の中でも、排気ガスの刺激などで一度咳をしてしまうと、それがきっかけとなったように咳き込んでしまうので、このときも、あてがったタオルの下であまり深く息を吸い込まずに唾《つば》を呑《の》み込むようにしながら咳をこらえていたぼくは、アスベストが危険だ、というＦ専務の言葉に、唐突な怖《おそ》れや驚きを抱かされたというよりも、むしろ「やっぱりそうだったのかもしれない」と頷かされるような思いを喚《よ》び起こされていたのでした。

『静かな時限爆弾』

その日ぼくは、仕事帰りにいつも利用している千歳烏山駅前にある区の図書館でアスベストに関する本がないか調べてみました。

建築関係の棚や社会学の本が並んだ棚を見渡しても見付からず、なかばあきらめかけていたとき、環境問題を扱った本の中に、『静かな時限爆弾　アスベスト災害』(広瀬弘忠《ひろただ》著・新曜社)と書かれた黄色い背表紙がぼくの眼にとまりました。

さっそく手に取ってみたぼくは、

「アスベストは環境中で、半永久的に劣化することなく存在しつづける。じつは、この性質がアスベストの人体に対する毒性を強めるうえで重要な役割を果している。最初の曝露《ばくろ》より二〇年から四〇年のタイム・ラグを置いて、肺ガンや悪性中皮腫《ちゅうひしゅ》を発病させる。このように長い潜時をもつことから、体内のアスベストは時限爆弾になぞらえることがある。アスベストの悲劇は、これが不死であることにある。一度体内にとり込まれたアスベスト繊維は排出されにくく、不断に細胞に対する悪影響を及ぼしつづけることによってガンを発生させる」

カバーの裏に書かれた「1章　『体内時限爆弾』より」の引用文に、目が釘付《くぎづ》けとなりました。

（なんだよ、もしかして、ほんとうにこれはヤバイじゃないか……）

自分の身体《からだ》の中にある時限爆弾が時を刻み始めたのを、聞いた思いでした。

しかし、二十年から四十年という時間は、そのとき二十六歳だったぼくにとっては、まだまだ遠いものにも感じられました。

第4章　むなしき除去工事

やけくそのような居直りから

ここで、ぼくが、アスベストと再会した日の一幕を挟みたいと思います。

この本を書くために、二〇〇六年の一月から取材をはじめたぼくは、アスベスト疾患と取り組んできた医師たちに会い、アスベスト禍にあった患者たちと会い、クボタショックで一躍名前を知られることとなった尼崎市に行き、アスベスト禍の原点ともいえる大阪府の泉南地域も取材に訪れました。

しかし、ぼくがもっとも盛んにアスベストと付き合い、アスベストを大量に吸い込んでしまった時期からは、もう二十年も経《た》っているのですから、細部の記憶がおぼろげになっているところもあります。

当時のぼくが見、感じたものを、リアルに再現するには、やはりもう一度アスベストとじかに再会しなければならない、という思いが日増しに強くなってきたのです。

ぼくは、アスベストと再会することを決心しました。

もちろん、不安や恐れもありました。家人からも反対されました。眠っている子をわざわざ起こすようなものかもしれない、とも思わされました。けれども、一人親方の元で働いていたために労災の補償を請求することさえもあきらめてきましたが、アスベスト禍による後遺症がこれ以上発症していないかどうかを調べるレントゲンやCTは、この十年間、自費でずっと欠かさずに受けてきている身です。いまさら少しぐらい吸ったところでそう変わりはないのだとしたら、このさい徹底的にアスベストと付き合ってやろうじゃないか。

自分で体験したアスベストの現場のじっさいをきちんと書いたものには、正直な所、まだお目にかかっていません。もともと、そうした現場で働いた人たちは言葉にするのが苦手な人々なのでしょう。

それなら、作家となったおまえが書くしかないじゃないか。

そんな、やけくそのような居直りが生まれました。

そして、ある時期までは社会全体が確実にアスベストの恩恵を受けながら、いまとなってはその実物をろくに知ろうともしないで、被害ばかり言い立てている、そんな世間の風潮に対する疑問の思いもありました。

二〇〇六年十一月、ぼくは、自分の体験とそれを本にすることを話した上で、アスベスト除去工事の現場を見学させてもらえないか、いくつかの業者に問い合わせることにしました。

二〇〇五年六月のクボタショック以来急増して、将来性がある業種だとマスコミで持ち上げられていたり、中には佐渡の小学校などのように飛散事故も起きているというアスベスト除去工事の現場のじっさいを、なんとしてもこの目でたしかめてみたいと思ったのです。

さすがに、なかなか応じてはもらえない中で、ようやく、現場の場所や施工《せこう》業者名は明かさないという条件で、特別にアスベスト除去工事現場へと潜入させてもらえることになったのでした。

ひさびさの工事現場

昼休みが終わる頃に訪ねるよう指定された現場小屋は、繁華街にある大きな七階建てのビルの建物の裏手の仮囲い(ガードフェンス)の中にひっそりとありました。

午後十二時四十五分に、ぼくはそこへとおもむきました。

現場を離れてからも、仮囲いの塀の外側から興味を持って覗《のぞ》き込むことはあっても、その中へと入り込むのは、十五年ぶりぐらいになるでしょうか。

あの頃から、ぼくは十キロは肥《ふと》りました。腹がだぶだぶになった元プロボクサーのような気分です。

ちょっとした資材にも足をひっかけてつんのめりそうになるそばを、鍛え抜いた身体《からだ》付きのさまざまな職業の職人たちが、危険と隣り合わせている人特有の無表情で行き過ぎます。

ぼくの裡《うち》に、また不安がよぎりました。

表通りを行く人たちは、こんな間近なところでアスベスト除去工事が行われていることを知らないでしょう。

〈アスベスト除去工事中〉を示すプレートも、ほんらいは人目につくところに掲示しなければなりませんが、裏手の入口のフェンスに何気なく貼《は》られています。

仮囲いの中にいくつか並んだプレハブのいちばん奥が、アスベスト除去を行う者たちの現場小屋でした。

「この前の通りにある並びのビルは、ずっとアスベスト除去現場だらけっすよ。だいたい同じ頃に建っているから、当たり前の話だけど。それにしても毎日やってもやってもいくらもはかどらなくて」

現場をとり仕切っているという、三十代の後半とおぼしい口ひげを生やした主任の作業員が、顔を合わせるなり、うんざりする口調で言いました。

二十代から六十代まで、といったさまざまな年齢がまじっている作業員たちは皆、休みのこの間にばかりと、たてつづけに煙草《たばこ》をふかしています。ぼくも電気工事の現場にいるときには、けっきょく煙草が手放せなかったものです。

いまではぼくは禁煙して十年以上になりますが、肺の病気をしながら煙草なんか吸うな、という気にはなれません。自分だって吸えるのならいまでも吸っていたでしょう。

現場での仕事の休憩中の楽しみといったらそれしかなかったからです。

「さてと、やるか」

どこかでかけていたラジオが午後一時の時報を告げ、昼休みが終わりました。

主任の声で作業員たちが皆立ち上がって、ヘルメットと防じんマスクを手にプレハブの現場小屋を出ます。

ぼくも渡されたヘルメットをかぶろうとして、ああそうだった、と持参してきたタオルを頭に巻いてからヘルメットをかぶりました。

昔取ったなんとやらで、そうすると、ヘルメットが頭に落ち着くことを知っていました。

何年ぶりの感触だろう、とぼくはヘルメットのあごあてを止めながら思いました。もしアスベスト禍にあわなかったら、今でも現場に立っていたかもしれません。ぼくは身体を動かすことが好きで、電線に触っていることが好きでしたから。

仮囲いを出て、トラックやワゴン車などの工事車輌《しゃりょう》の間を擦り抜けて、ビルの端にある非常階段のほうへと歩いていきます。

そこは外側に足場が架けられ青いシートでおおわれています。注意深い通行人なら外壁か鉄部の塗装工事でもしているのだろうか、と気付くかもしれませんが、じっさいに行われていることは想像だにしていないでしょう。

足場のシートの囲いの中に入り、狭く段差もきゅうくつな足場の階段を上って七階までのぼります。

かつては重い電線やパイプをかついで軽々とのぼったものですが、すっかり足がなまっているのがわかり、すぐに息が上がります。

非常扉から建物の中に入り、大会議室の現場へと向かいます。

一般のエレベーターを使おうものなら、防じんマスクを手にしたものものしい作業員たちの装《よそお》いに怖《お》じ気《け》づく者も出るかもしれません。工事をする人間が、ふつうの人たちの前では〝透明人間〟のようにふるまわなければならないのは、ぼくが昔、電気工をしていたときも同じでした。

これから、アスベストの除去作業を行う大会議室は、すでにこのビルの職員たちには立入禁止になっています。

それでも、万が一、誰かがうっかり入ってしまうことのないように、施錠が徹底されています。現場主任が鍵《かぎ》を開けて、アスベスト除去にたずさわる六人の作業員たちとぼくが、部屋の中に続々と乗り込みます。

アスベスト除去工事の実態

ここからは、めったに立ち入ることが出来ないアスベスト除去工事の現場の話になります。

そのじっさいを伝えるために、少し込み入った話になりますが、どうかカンベンしてほしいと思います。

その日の午前中までかかって、百人は収容できる広さを持った大会議室には、空間のちょうど真ん中の高さあたりに、足場職人たちによってすきまなく足場の板が組まれました。

盆踊りのステージを大きくしたものを想像してもらえばいいでしょう。その上に立って、軽天井のボードを落として剥《む》き出しとなった天井裏の鉄骨の梁《はり》に吹き付けられたアスベストの除去を行うのです。

そして、その空間の外にアスベストが漏れ出さないように、壁面も足場板の床面も、釘《くぎ》も刺さらないほど厚手のプラスチックシートで密閉して隔離されました。

隔離に使用するプラスチックシートは、床については、厚み〇・一五ミリ以上のものを二重に敷き、つなぎ目は三十センチ以上重ね合わせて粘着テープで張り合わせます。端も、壁にそって三十センチ折り返し、桟で止めるようにと定められています。

また、壁面に設置するプラスチックシートは、厚み〇・〇八ミリ以上(通常は〇・一ミリのもの)を使用し、粘着テープで床面に止めます。壁面の場合、シートは一重でよいのですが、つなぎ目は、三十〜四十五センチ重ね合わせて桟で止めます。

二〇〇六年六月に佐渡の市立両津小学校で、校舎のアスベスト除去工事中に、アスベストを含んだ粉じんが廊下に漏れ出した事故は、このシートの一部が破れ、約四十メートルにわたって吹き出したといわれていますが、この工程に手抜きがあったのだろうか、と思いながらぼくは隔離されている部屋を見やりました。

午後からおこなわれるアスベスト除去工事は、もっとも危険をともなう〈レベル1〉と呼ばれる「石綿(アスベスト)含有吹き付け材の除去作業」です。

簡単にいえばアスベストそのものを直接取り除くわけで、いちじるしく発じん量が多い作業です。したがって、作業場所の隔離や高濃度のアスベストの粉じん量に対応した防じんマスク、保護衣を適切に使用するなど、厳重なアスベストに対する曝露《ばくろ》対策が必要なレベルとなります。

ちなみに、アスベスト除去のレベルは3ランクに分かれていて、〈レベル2〉は、アスベストを含有する保温材、断熱材、耐火被覆材などの除去作業。アスベストの入った加工物ではあるが、比重が低く、発じんしやすい製品の除去作業なので、レベル1に準じて高い曝露防止対策が必要なレベルとなります。

〈レベル3〉は、レベル1、レベル2以外のアスベスト含有建材(例えば成型板など)の除去作業で、そのままでは発じん性が比較的低い作業ですが、破砕、切断等の作業においては発じんを伴うため、湿式作業を原則とし、発じんレベルに応じたマスクを必要とするレベルとされています。

昔、ぼくが体験した現場でいえば、吹き付けアスベストにじかに電気ドリルを当てての作業はレベル1。バールで天井板や壁を破砕した現場での作業はレベル2。木造の家の外壁に使うサイディング材に穴をあけて防水コンセントを取り付けたような作業はレベル3、といったところでしょうか。

さて、今回の〈レベル1〉の除去現場の足場の下の空間には、作業の機材やフィルター、薬液などの資材が置かれてあり、まずそこでパンツ以外の衣服はすべて脱いで、防護服に着替えます。

この更衣室、洗浄室を含む、作業者の出入りに使用する空間は「前室」と呼ばれ、いわゆるセキュリティーゾーンとなっています。ここもプラスチックシートなどの使用により、アスベストの漏れを防ぐ構造となっています。

ヘルメットを脱ぎ、パンツ一丁になって着替えた防護服は、フードが付いたつなぎの形をしています。

見た目、触った感じは、紙のようですが、高密度ポリエチレンを素材とした軽くて丈夫な不織布で出来ていて、引っ張ったり引き裂いたりしようとしても容易にはできない強度を持っているそうです。摩擦にも強いとのこと。

次に、靴の上から、防護服と同じ素材で出来ているブーツ型のシューズカバーを防護服との隙間《すきま》からアスベストが入り込まないように重ね合わせて履き、足首の所をしっかりとテープで留めます。

そして、〈レベル1〉の除去作業に適合した全面体の防じんマスクを装着します。防じんマスクには半面体と全面体とがあり、半面体は鼻と口だけをおおうもので、全面体はその名のとおり顔全体をおおうものです。

ぼくが支給された全面体の防じんマスクは、使い捨てのフィルターが鼻の両脇《わき》の位置に二つ、セットで付いているもの。

装着してから、マスクと顔の密着の良い場所に合わせるように、位置を調整します。顎《あご》がマスクから出ていると、鼻の位置もズレてアスベストが漏れ込んでしまう原因になるのでチェックが必要。

ぼくが口ひげを生やしているのをみて、

「ほんとうはひげにもアスベストが付着する恐れがあるので、おれもひげを剃《そ》れって上からうるさくいわれてるんですよね」

と主任がマスクの下で苦笑いをしました。

さらに作業員同士で、お互いに少しでも隙間になっている箇所がないか確認し合い、マスクの上部が防護服のフードと重なったところをテープでしっかりと養生します。

慣れないぼくの場合は、主任が念入りにおこなってくれました。

最後に、ラテックス手袋をはめ、その上から防護服と同じ素材の手袋をはめて、さらに手首の所で隙間が生まれないようにきつくテーピングをします。

アスベストが体内に入り込まないように、できる限り、幾段階にも注意を重ねていることがよく実感できます。

映画の『踊る大捜査線』で、毒ガスなどを使ったテロリストに対する訓練をしている、ガスマスクをした物々しい出《い》で立《た》ちの特殊部隊が出てくるシーンをちらと思い出します。それから、はじめてアスベストの洗礼を受けた団地の汚水処理場の異臭がよみがえり、自分たちが吸っていたのは、アスベストだけではなく、メタンガスもそうだった、汚水槽に潜って糞便《ふんべん》にまみれていたときにもこのマスクが欲しかったぐらいだ、とぼくは思いました。

あの青石綿

ともあれ、ようやくこれで準備完了。

いよいよ、〈アスベスト除去中　立入禁止〉のプレートを横目に、部屋の中に設けられた足場の階段を上って、アスベスト除去を行う上の空間へと移動します。

アスベストが含まれた空気がもれ出さないように減圧されているプラスチックシートの中の施工現場へそっと侵入します。

現場の中央に置かれた箱形の装置が、モーター音を立てています。

「負圧除塵《じょじん》装置といって空気汚染を管理してるんです。作業領域内を負圧に保つことにより、作業領域内の汚染された空気を外に逃がしません。それから、空気を交換することで、アスベストの粉じん濃度を低減させるんです。フィルターが三重になっていて、吸引された汚染空気は、濾過《ろか》されて、清浄な空気となって外気へ排出されます。これは、すべての養生が終了してから運転を開始して、養生シートの撤去が完了するまでずっと運転を続けているんです」

と主任。プラスチックシートが、少しだけこちら側にへこんでいるのは、負圧になっている証拠なのでしょう。

あらかじめ、アスベストが飛散しないように、薬剤で湿らせてあるので、湿気がすごく、すぐに防じんマスクがくもってしまいます。それでも外気を入れてマスクの曇りをとるわけにはいきません。プラスチックシートの床に、足がすべりそうになります。

やがて目が慣れてきた、とおもうと、霧の中から、あの忘れることの出来ない、アスベストがびっしりと吹き付けられた天井裏の空間があらわれました。電気工が工事をした、電気の配管やFケーブル、配線をつなぐジョイントボックスが見えてきます。

――アスベストとの再会。

すっかり足を洗ってから、十五年ぶりにはなるでしょうか。会いたくない奴《やつ》に出くわしたとも、なつかしい友人に会ったようだとも、何とも言葉に詰まります。

それにしても、こんな現場を何十、いや何百ヶ所と巡ったことか……。吹き付けられているアスベストが、少し青みがかっているのを見てとって、

「これって、もしかして青石綿ですか?」

と主任にたずねると、

「そう。こんなにみごとな青石綿には、この仕事をしていてもそうそうありつけないよ」

と、少し得意げでもあるような口吻《こうふん》で、答えが返ってきました。

アスベストの親玉ともいえる青石綿と再会できたのは、ラッキーなのかアンラッキーなのか、ふくざつな思いがします。

防じんマスクをしているので、音声はくぐもっており、海の中にもぐったダイバー同士の会話のよう。

お互いの声が聞こえるということは、かすかに音の振動を伝える隙間があるということではないのか？

フィルターを通しているとはいえ、その隙間を、髪の毛の五千分の一の細さのアスベストが入り込むことはないのか？

そんな懸念《けねん》が浮かびます。

ここに大型地震が来たらたまらないな、そんなことも脳裡《のうり》をよぎります。

すぐに呼吸が荒くなり、動きも鈍くなって、小学生の頃にテレビでみた、初めて月面着陸したときの宇宙飛行士の映像が頭の中に浮かびました。

怒りと徒労

青石綿（クロシドライト）は、アスベストの中でも、もっとも有毒で、悪性中皮腫《ちゅうひしゅ》を引き起こすことが多いのもこれです。

クボタではこの青石綿を水道管の加工に使っていたので、曝露した近隣住人に胸膜のがんである悪性中皮腫の患者が生まれたとされています。

天井にはふつう、空調の吹き出し口がありますから、この部屋で会議をする度に、天井裏にただよっているアスベストを社員たちも吸っていたことでしょう。ちなみに、悪性中皮腫は、ごく少量の被曝でも発症するといわれています。

それにしても、ぼくが体験した、アスベストが吹き付けられた天井に電気ドリルで穴を開け続けたり、狭い天井裏でアスベストを擦《こす》りながら匍匐《ほふく》前進するようにして配線した電気工事の現場では、こんな重装備ではなかった、という思いがしきりとします。

アスベストもそうですが、コンクリートの粉やホコリ、金属の切り粉がもうもうとしているので、タオルで口を覆《おお》うぐらいのことをすることもありましたが、せいぜいそれぐらいなものでした。

作業を終えると、作業着やタオル、髪の毛やまゆ毛、鼻毛までが粉で真っ白になり、鼻汁も痰《たん》も真っ黒になりました。職人同士、互いの顔を見て笑い合ったものです。

国は一九七五年に、アスベストの発がん性をみとめたうえで、禁止ではなく、法律で厳しく管理して使用することにしました。

しかしじっさいの現場では、アスベストの危険などは露ほども知らされておらず、管理とは名ばかりだったのです。

少なくとも、ぼくがいた現場では、防じんマスクをして作業している姿は見たためしがありません。当時の工事代理人レベルの人たちでさえも、そういうことを言う人はいませんでした。

静かな怒りが、あらためて心の底から衝《つ》き上がってくるのをぼくはおぼえました。

一メートルほどの木の棒の先に十センチほどの刃が付いたものを手渡されました。これでアスベストをこそぎ落とす。ケレン棒というそうです。

それを使って、梁《はり》や天井にくっついているアスベストをただひたすら落としていきます。

落としたところを、別の者が、ブラシで少しのアスベストも残らないようにとこすり続けます。その後、さらに飛散防止抑制剤を塗ります。

落としても落としてもきりがない……。

何という徒労感だろう。

電気工事の現場では、たとえアスベストまみれになっても、明かりを付ける、配線を増やすという達成感のようなものがありました。ところがこの作業には、それがまるでないのです。どこが将来性のある仕事なのだろう、とぼくはひとりごちました。

昔なら大切に拾い集めた、足元に積み重なったアスベストをズボッ、ズボッと踏みつぶして移動しながら、国の尻《しり》ぬぐいを、誰かが、それをしなければならないから、するしかない。そんな思いがしきりとします。

——積年の恨みを晴らしてやろう。

除去現場に入る前には、そんな高揚した気持ちもありましたが、じっさいにアスベストと対面すると、興奮はたちどころに失《う》せてしまいました。

そして、人間が使い方をあやまっただけで、アスベスト自体には何の罪もないんだがな、なあアスベスト君よ。そう呼びかけたくもなりました。

じょじょに防じんマスクを付けているのが息苦しくなり、それをこらえていると、とつぜん、気管支喘息《ぜんそく》の発作の予兆のような激しい咳《せ》き込みにおそわれて、ぼくはそれ以上現場にとどまってはいられなくなりました。

こうなると、ぼくの場合、肺のガス交換の機能がにわかに低下してしまうので、まいにち服用している薬に加えて、すぐに気管支拡張剤や発作止めのステロイド剤を吸入するように、と十年来通院している労災病院の呼吸器科の主治医には言い渡されています。

それでもおさまらないときは、病院で点滴を受けます。喘息も大人の場合、命を落とすことがあるのであなどれません。二〇〇五年には三千百九十八人が亡《な》くなっています。

いつ発作が起きるともしれないので、吸入薬はどんなときでも携行するようにしています。ですが、防護服に着替えたときに、着ていた服のポケットに入れたままになってしまっていたことにぼくは気付きました。そうでなくても、当たり前のことですが、防じんマスクをしながら吸入することはできません。そう思うと、笑い泣きをする気分にぼくはなりました。

結局、わずか二十分ほどの作業時間だったでしょうか。ぼくは畳一枚分もアスベストを除去できませんでした。

「これじゃ、日当は出せないなあ」

主任が冗談ともつかぬ口調で言いました。

白昼の死角

それから、またひと苦労が待っていました。

しっかりとテーピングした防護服や靴カバーを一人で脱ぐのが大変なのです。アスベストが身体《からだ》に少しでも付着しないように、それも毒性が強い青石綿だ、と思うと手先がこわばってふるえます。

ようやく何とか脱ぎ終えてそれを捨て、防じんマスクのフィルターも処分して、パンツ一丁の姿で洗浄室に入ったときにはぼくはすっかり汗みずくになっていました。

全身に高圧の風を当てて粉塵を吹き飛ばし洗浄します。風が出てくる方へ、バンザイをする恰好《かっこう》で身体をくるくるくると三回りさせて、エアシャワーを隅々まで当てます。

やっとの思いで前室に戻ったときには、ぼくは息も絶え絶えになっていました。

健康な人間でも、気味の悪い粉塵の中の除去作業に加えて、作業に取りかかる前と後にも、これだけの手間がかかるのでは、大変だと痛感させられました。

もっとも、さすがに防護服と防じんマスクを身につけた効果は抜群で、以前にはこういう現場での作業の後にあった身体中がチクチクしたり、喉《のど》がいがらっぽくなったりすることはありませんでしたが。

現場小屋にヘルメットと防じんマスクを返して、ぼくはアスベスト除去現場を後にしました。

ビルの表玄関の方へと回ると、小さな植え込みがあり、木のベンチがあります。

ぼくは缶コーヒーを買って、そこでひと休みすることにしました。

どうにか喘息の発作にはならずに済んでホッとしました。

透明なガラス扉ごしに、受付に座っている若い女性の姿が見えます。平日の午後、仕事の途中のサラリーマンや買い物をする主婦、高校生たちが目の前を次々と通り過ぎていきます。圧倒的な現実に触れてきた身にとって、それがみょうに現実味が感じられません。

唐突ですが、たとえば、帰還兵の気分というものはこうなのだろうか、とぼくはふと感じました。戦場から復員してきたときのぼくの父親たちも、こんな違和感を抱くことがあったかもしれません。

通りに建ち並んでいるビルの中のアスベストが目に浮かぶようでした。それは日本全国各地にひろがっています。

高度成長期の吹き付けアスベストだけでなく、それが禁止されてからもアスベスト成形板やアスベストを含んだ屋根材などが広く出回りました。バブルもそれを後押ししたことでしょう。バブルが弾《はじ》けてからも、建設ラッシュは続きました。

「うちらにアスベスト除去費用の見積もりをさせたビルが、それじゃ解体の費用がかさむからって、ふつうの解体屋に頼んで囲いもなしにガンガン取り壊しているなんていうのは、正直言ってざらですよ。ここをちゃんと除去したって、ほかのところで吸ってしまうと思うとやりきれないよなあ」

と、マスクごしに主任がいっていた言葉がよぎります。

ウクライナ共和国のチェルノブイリで、軍の指揮下で原発破壊場内に入場した作業者が、予想どおり相当数被曝《ひばく》、発がんし、亡くなっていると聞きます。また、近隣五十キロメートル圏内での発症数も予想どおりだそうです。アスベストも全く同じで、危険地帯(除去作業場内)に入場する心構えと近隣対策が必須《ひっす》なのです。

それなのに、今日も、全国で、知ってか知らずか多くの国民がアスベストを吸い込んでいるこの国は、さしずめアスベスト大国、アスベスト列島といえるでしょう。

ぼくはきょう、〝白昼の死角〟を見たのです。

第5章　アスベストとはなにか

「肺の日」に

ここで、アスベストという物質について、説明することにしましょう。

八月一日は「肺の日」なのだそうです。一九九九年から、日本呼吸器学会では八月一日を「肺の日」と定め、一般市民に呼吸器疾患についての最新の情報を伝え、病気予防のための啓蒙《けいもう》活動を推し進めています。それにちなんだ催しが、二〇〇六年八月五日の土曜日に仙台医療センターで開かれました。

今回は、いま問題となっているアスベストをテーマに、ぼくの主治医でもある東北労災病院呼吸器内科部長で東北アスベスト疾患ブロックセンター長である三浦元彦医師が講演するということで、話を聞くことにしました。

午後一時半からの開場の少し前に会場へ着くと、ちょうど三浦先生とバッタリ顔を合わせました。

「今朝まで当直だったので、ギリギリまで資料作成をしていました」

という三浦医師は、寝不足らしく少し疲れた表情をしていました。

ぼくは月に一度、午後二時からの予約診療に通っているのですが、午前中の診察が午後二時になっても終わらないことも多く、医師も一種の肉体労働だと思わされます。クボタショックを受けて、労災病院ではアスベスト外来もはじめたので、なおさら多忙になったようにうかがえます。

二百人ほど収容できる会場に入ると、鼻に細いチューブ(カニューラといいます)を装着して、カートに積んだ携帯用ボンベから酸素を取り込んでいる、在宅酸素療法をしている人が目立ちます。

咳《せき》の音がほうぼうで響きます。

アスベストについての話の前に、「肺を大切に、呼吸を大切に」という演題で、東北大学病院内部障害リハビリテーション科助教授の黒澤一先生から話がありました。

「呼吸は息を吸うことよりも息をはくことの方が大事なんです。呼吸の呼は息をはくことで、吸は息を吸うことでしょう。ふつう呼吸といったら息を吸って吐くことだと思われがちですけれど、呼吸という言葉はちゃんと息を吐くことの方を優先しているんですね。呼吸がどこから生まれた言葉なのかはまだ調べていないんですが、昔からそのことは知られていたんでしょうね」

という話に、喘息《ぜんそく》の発作を起こしているときに、息を吸うことよりも息をはくことのほうが苦しい覚えがあるぼくは、なるほどそうか、と頷《うなず》かされました。

それから、

「ふっと小さく息をついてから鼻で大きく息を吸い、いったん止めた後に、口をすぼめてゆっくり息を吐ききります」

という呼吸法をじっさいに皆でやってみます。

それは、ぼくも肺機能の低下を防ぐのに効果があるということで、前に教わったことがあり、日頃も、その深呼吸をときどきするようにしています。一分間に六～八回程度おこなうようにして、呼吸のしすぎは逆効果なのだそうです。

ふつうの人にとっては無意識に行われている呼吸を、肺を病んでいる人たちは、常に意識しなくては行えません。そのしんどさ、厄介さに、ぼくはあらためて感じ入りました。

主治医・三浦元彦先生の話

「二〇〇五年の六月に、尼崎市のクボタの工場の近くで、悪性中皮腫《ちゅうひしゅ》の患者さんがたくさん出たことは、みなさんもご存知のことと思います。その事態を受けて、去年の夏から、全国の労災病院でアスベスト禍に対して取り組もうという方針が固まり、こちらでは、同じ年の九月一日に東北アスベスト疾患ブロックセンターが開かれました。

今日お話しするのは、アスベストとはいったい何だろうか、ということです。アスベストはわれわれの生活のどんなところにあり、われわれの暮らしにどう関係していて、どんな病気をひき起こすのか。最後に、もしアスベストが原因で病気になったら、どんな補償が受けられるのか、みなさんにはぜひ、知っておいていただきたいと思います。

アスベストという物質はとても便利なものでして、鉱物であるにもかかわらず繊維のように柔軟性があり、布や糸のようなものだと表現しても過言ではありません。しかも、燃えない、腐らない、錆《さ》びないなど、とても安定して丈夫なもので、エジプトではミイラの梱包《こんぽう》などにも用いられていました。これがアスベストのいちばんの特徴です。

その性格はかなり古くから知られていて、かぐや姫、『竹取物語』の中にもでてきました。かぐや姫が五人の求婚者たちそれぞれに探してくるようにいう、その中の一つの『火鼠《ひねずみ》の皮衣』というのがそうであろうといわれています。

このように、歴史上、ひじょうに有用なものだったので、われわれの生活に、アスベストは多く使われてきました。

いまに至るまで、アスベストにとって代わるような物質は見つかっていません。代替品もいろいろ開発されているようですが、アスベスト以上に安価で便利なものは発見されず、われわれはいわば、アスベストに囲まれた生活を送ってきたわけです。

アスベストと呼ばれる物質には六種類あります。その中で有名なものは、白石綿（クリソタイル）、青石綿（クロシドライト）、茶石綿（アモサイト）の三つです。さほど使用されていないほかの三種類を合わせて、アスベストと呼ばれる鉱物は六種類あります。

あらためて、アスベストの持つすぐれた性質を挙げてみますと、熱に強くて、火に燃えにくく、引っ張っても切れにくい。絶縁性が高くて電気を通さず、しかも、外形はフレキシブルで柔軟性があります。酸にも強く、アルカリにも強い。これだけ丈夫で、なおかつ形を変化させられる物質はありません。

こうした特徴があるため、『奇跡の物質』と呼ばれて、さまざまな局面で重宝されてきました。とくに、青石綿、茶石綿は、中でも優れた石綿として知られていましたが、一方で、発がん性がとても高いことが次第に明らかになり、白石綿より先に一九九五年に使用も製造も禁止になっています。

二〇〇五年の六月二十九日、クボタの神崎《かんざき》工場の周囲で、七十八名が悪性中皮腫で亡《な》くなっていたことが発表されました。もちろん、患者の数はそれだけではありません。ちなみに、神崎工場では、青石綿を使った水道管を製造していた、と言われています。

一方、白石綿は、青石綿、茶石綿と比べて発がん性は低いようですが、長期間に大量に吸い込めば、病気をひき起こすと考えられています。

次頁《ページ》のスライドに映っているのが白石綿です。白い色をしていますね。これはカナダで採掘されたものです。顕微鏡で見ますと、一本一本がとても細長いことがお分かり頂けると思います。後でお見せする青石綿と違い、先端が丸まっているんです。丸くなっているので、青石綿と比べて細胞に刺さりにくく、発がん性も低いというのが定説です。

次は青石綿です。一本一本がツンツンと尖《とが》った感じがするでしょう。顕微鏡で見ますと、一本一本が細長いのは白石綿と同じですが、青石綿は細胞に突き刺さるんです。しかも、鉱物ですから代謝されずに、身体《からだ》の中にそのまま留まってしまいます。どんな身体の仕組みをもってしてもアスベストを溶かすことはできず、そして、身体の中のいろいろなところ、とりわけ肺に傷をつけるというわけです。

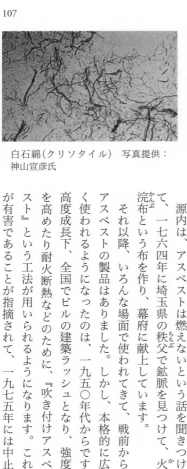

アスベストはどう使用されてきたか

日本においては、発明家として知られる平賀源内が、一番最初にアスベストを工業用に利用しようとしたんです。

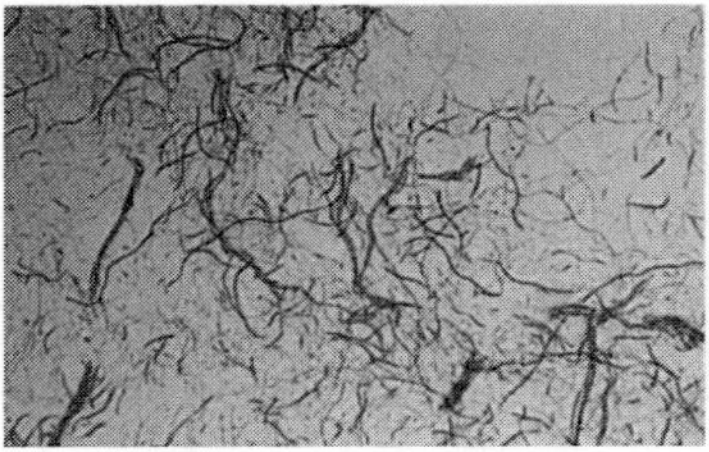

白石綿(クリソタイル)　写真提供：神山宣彦氏

源内は、アスベストは燃えないという話を聞きつけて、一七六四年に埼玉県の秩父《ちちぶ》で鉱脈を見つけて、火《か》浣《かん》布《ぷ》という布を作り、幕府に献上しています。

それ以降、いろんな場面で使われてきて、戦前からアスベストの製品はありました。しかし、本格的に広く使われるようになったのは、一九五〇年代からです。高度成長下、全国でビルの建築ラッシュとなり、強度を高めたり耐火断熱などのために、『吹き付けアスベスト』という工法が用いられるようになります。これが有害であることが指摘されて、一九七五年には中止

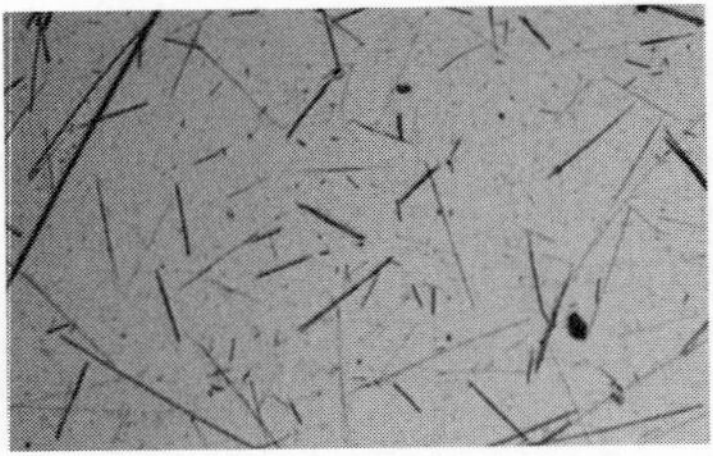
青石綿(クロシドライト)　写真提供：神山宣彦氏

になっています。

吹き付けアスベストは禁止になったんですが、現実には、あまりに有用な物質であるために、ずっと使われ続けてきて、青石綿、茶石綿が禁止になったのは、さきほどお話ししたとおり、わずか十一年前(一九九五年)のことです。白石綿は、使用禁止になったのは二年前で、われわれの身の回りにもまだあふれているのが現状です。

わが国のアスベスト輸入のグラフを見てみましょう。戦前から少しずつ使われているのが分かります。日本にもいろんな土地にアスベスト鉱山があるようですが、生産されているのはごくわずかで、つまり、アスベストのほとんどは、輸入されたものです。

第二次大戦中は輸入が途絶えまして、戦後になって輸入が再開されています。輸入量のピークは一九七四年ですが、この年は、他の国々ではアスベストの使用についての規制がはじまっている時期です。

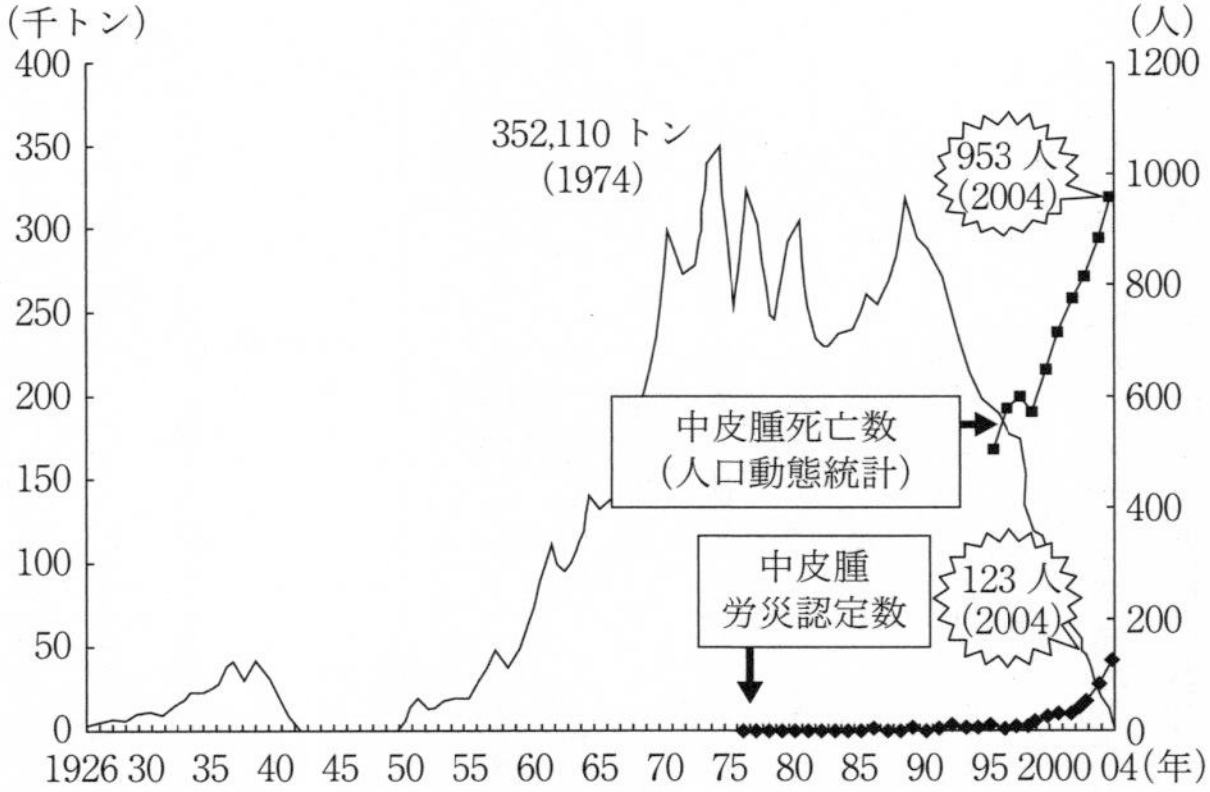

日本におけるアスベスト輸入量と中皮腫死亡数との関係

次に、アスベストは、どんなところに使われているのかをお話しします。これは、どんな場所で、アスベストに曝露《ばくろ》する恐れがあるか、ということとイコールですね。まず、仕事場ですよね。どうしても仕事場でアスベストを使わざるをえない人が吸ってしまいますが、これを職業曝露と呼びます。アスベストの吹き付けの仕事をしている人の場合は直接の職業曝露ですし、同じ建築現場にいて、ただそばで作業をしていただけの人が吸った場合は、間接的な職業曝露、といいます。

ヨーロッパでは、土壌にアスベストが含まれていることがあり、農業に従事している人がアスベストの曝露を受けているそうです。また、トルコの観光地として有名なカッパドキアの土壌はほとんどエリオナイトというアスベストとは別種の鉱物で、ここでだけは例外的にエリオナイトが原因による中皮腫が多く発生しています。もちろん、観光に行っただけでは大丈夫でしょう。

続いて、自分が職業としてはアスベストを扱ってはいなくとも、ご主人が扱っていてその作業着を洗濯しただけで奥さんも曝露してしまう、というようなケースもあります。ご主人が石綿肺になり、その奥さんも検診してみたら、強いアスベストの被曝を受けていたということは珍しくありません。あるいは、お子さんが吸ってしまう、ということも多く起こります。

あるいは、石綿ボードなどがホームセンターで売られていて、それを自分で切断したせいで、アスベストを吸ってしまう、というケースも起こっているようです。

日本においては、石綿鉱山がほとんどありませんから、環境曝露はあまり問題になりませんが、クボタの神崎工場の南に住んでいる周辺住民は、かなりの割合で被曝していました。工場のあった尼崎という街は、北のほうに六甲山があり、山頂から海に向かって風が吹きおろすんですが(六甲おろし)、その風に乗って工場の南側の方に青石綿が飛散し、悪性中皮腫の患者さんが多く発生しました。ですから、環境曝露によっても病気は発症しうる、ということが最近判明しています。

危険はすぐに見えない

より具体的に、アスベストがどんなところで使われているかを検討してみますと、輸入されたアスベストの約九十三パーセントが建材製品になっています。ほかには、ブレーキライニングなどの自動車摩擦材やジョイントシートといった工業製品に使われているのが全体の五・六パーセントです。

断熱材としてのアスベストは、建物のボイラー室や船の機関室など密閉された場所で使われていることが多く、こうした職場で働いていた人たちに高い割合で悪性中皮腫の患者さんが見られます。

あるいは、部屋の天井裏に吹き付けられているアスベストを吸ったり、耐火性を持たせるために屋根や壁に使われているアスベストのスレート材の切断中の曝露。また、水道管の腐食を防ぐためにアスベストが含まれていますが、その水道管を作っていた人たちも疾患を引き起こしています。それからパッキングや保温材にも、便利に使用されていました。

一般住宅にも、今いいましたように、石綿スレートの屋根や外壁、床、天井などにアスベストが使われていることがあります。

アスベストによる疾病《しっぺい》が労働災害として認められている職場には、造船所、製造業、建築業、発電関係などがありますが、いまは基本的には、アスベストが使われている職場で作業をした人は、直接的・間接的曝露を含めて、国が補償をしていこうという動きがあるように見えます。


自分がアスベストを吸ったんじゃないか、と心配して相談にみえる方に、私はこんなポイントに注意してお話を伺っています。

まず、いつアスベストを吸ったと思われるか、ということが大切ですね。後でお話ししますけれど、アスベストによる病気は潜伏期間がとても長く、三年前ぐらいにアスベストを吸ったということで病院に来られても、すぐに症状が現れているわけではないのです。

ですから、曝露してすぐに相談してもあまり意味がないかもしれません。二十年後に、不治の肺がんである悪性中皮腫になるかもしれない、という想定の下で治療させていただくということはあるでしょう。

また、どれくらいの期間曝露する環境にいたか。あるいは、アスベストの濃度がどれくらいだったのかも、非常に重要です。期間と濃度を合わせれば、どのくらいの量のアスベストを吸ったのかが分かります。

さきほどもお話しした通り、密閉された空間での曝露、具体的に挙げますと、倉庫、ボイラー室、機関室、エレベーターの補修、ダクトの修繕などが思い当たる方は、よく注意して下さい。

実際に私の病院にいらっしゃった方なんですけれども、現在は家で田んぼの仕事しかしてないのに悪性中皮腫を発症していて、よくよく聞いてみたら、三十年前、農閑期の冬場に出稼ぎをしていて、その間に曝露していたんです。昭和三十年代、四十年代など、日常的にアスベストの吹き付けが行われていた時期は出稼ぎも多く、ビルの建築現場などで仕事をされた方が六十代、七十代になって発病するケースもおおいに考えられるわけです。

アスベスト禍の症状

このグラフは、イギリスにおけるアスベストの輸入量と悪性中皮腫の患者の発生数を記したグラフです。

さきほども少しお話ししましたが、日本で輸入量がピークとなった一九七〇年代は、

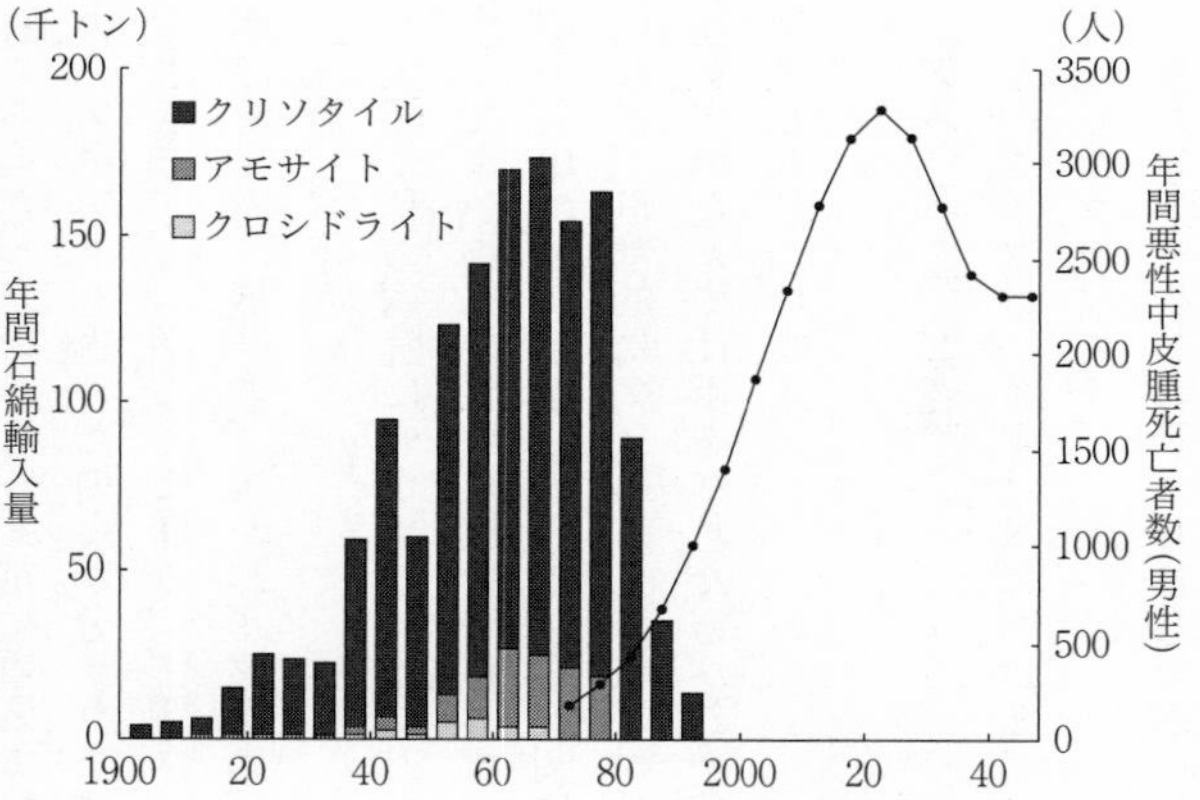

イギリスにおける石綿曝露と中皮腫

イギリスで輸入量を減らし始めた時期にあたります。イギリスでは、八〇年代に輸入がどんどん減り、九〇年代は輸入を止《や》めますが、悪性中皮腫の患者数はまさに今増えている段階です。日本はイギリスからだいたい二十年遅れていますから、悪性中皮腫の患者も同じく二十年近く遅れて増えていくことになるでしょう。

厚生労働省のホームページを参考にしましたが、二〇〇四年、日本では過去最多の九百五十三名が悪性中皮腫で亡くなられています。今後もゆっくりと増えてゆき、患者数のピークは二〇四〇年くらいだと考えられています。

アスベストに関連した肺の病気として一番有名な病気は、「石綿肺」という塵《じん》肺《はい》です。

アスベストはいくら軽くて柔らかくても鉱物ですから、石と同じ物体です。ですから、大量に吸い込むと、トンネル工事をやっている人や墓石工事をしている人と同じく塵肺になるわけです。わりと短期間に症状が出るために、昔からよく知られていました。もっとも、早いといっても十年、二十年間かかりますが。

石綿肺は、細長くて尖ったアスベストがずっと肺の中に留まって起こるもので、だんだん、間質性肺炎、肺線維症、と同じような症状が起きてきます。肺は空気を取り込むために重要な働きをしているわけですが、その空気を取り込むための袋になっている肺胞の壁がどんどん厚くなって、酸素を身体に入れにくくなるわけです。環境曝露はあまり問題になりませんが、アスベストを集中的に吸う職業の人はほとんど危険にさらされていると言っていいでしょう。咳《せき》がひどく出て、進行すると呼吸困難になります。

石綿肺がんは、濃度の高いアスベストを職業として扱ってきた人に多く起こります。建築関係や密閉された空間でアスベストを吸う環境にあった人たちに多い病気で、曝露から二十年以上たって発病します。ただ、肺がんの場合は煙草《たばこ》との関連で、アスベストだけが原因なのか、断定するのが難しいケースもあります。アスベストと煙草の両方とも大きな肺がんの危険因子ですが、両者を吸った場合、相加的にではなく、相乗的に危険が増える、ということが分かっています。症状は一般の肺がんと全く同じで、がんの種類も一般の種類と全く同じです。病気にはなっているんだけれども、初期には気がつかずに、病気が進行して咳とか倦怠感《けんたいかん》とかが出てくることが多いです。疫学《えきがく》調査によると、アスベストに曝露した量が多ければ多いほど肺がんになる率が高いようです。煙草も吸わずアスベストも吸ったことがない人の肺がんになる確率を一とすると、アスベストは吸わず煙草を吸う人は十倍。これに対して、アスベストは吸ったけど煙草は吸わない人はだいたい五倍です。そして、両方吸った人の肺がんになる確率は五十三倍というイタリア人の調査報告がありますから、さきほどもいいましたように掛け算です。両方吸った人は吸わない人に比べて五十倍以上の率になる、ということです。

もう一つが、これまでも何度も話に出てきた悪性中皮腫という病気です。

われわれが学生の頃は、アスベストとの関係が深いということは分かっていましたが、ほかにも原因があるだろうと考えられていました。しかし、現在では、悪性中皮腫という病気は百パーセントとは言えないまでも、かなりの割合がアスベストが原因だということが定説となっています。また、悪性中皮腫は特殊なもので、吸ったアスベストの量が多くなくても、三十年、四十年経《た》った後に発症することがあります。

悪性中皮腫というのは、胸膜や腹膜に悪性腫瘍《しゅよう》が発生する病気です。胸膜というのは肺の表面を覆《おお》っている膜で、お腹《なか》の中の腸を覆っている膜が腹膜です。その組織を採って顕微鏡で調べて診断しないといけないんですが、悪性かどうか判定するのがとても難しい。どうやって診断しているか、というと、ほとんどの場合、胸水といって、肺に水がたまってくるので、胸水がたまっている人に対して、胸腔鏡《きょうくうきょう》検査を行ってそれで診断します。局所麻酔で、胸にちょっと傷をつけて、そこから観察します。胸腔鏡が悪性中皮腫の診断においては有力な方法です。

他の県の病院で肺がんだと診断された患者さんで、胸水もたまってきていて、もう手術はできない、といわれて抗がん剤で治療していた方がうちにきまして、この胸腔鏡をやったところ、それが悪性中皮腫だった、ということが分かって、先週東北大学病院の方で、胸膜をとる手術をしてもらったということがあります。悪性中皮腫に対する治療としては、初期であれば外科的な手術が有効で、それから化学療法がありま す。

また、悪性中皮腫の場合、肺がんと違って煙草を吸ったかどうかなどは関係ないのですが、アスベストを吸った時期が短くて量が少なくても病気になるため、患者さんに聞いてみても、どこでアスベストを吸ったのかなあ、という人がけっこう多いんです。症状が出るまでに、平均で三十年から四十年、短い人で二十年、長い人で五十年かかります。

ただし、アスベストを吸った人の中で、悪性中皮腫になる割合はごく少ないんです。アスベストを吸った人がみな悪性中皮腫になるわけではありません。症状は、初期にはほとんど何も影響はありませんが、進行すると息切れ、咳、胸痛、などが起こってきます。労災認定された患者さんで調べてみると、どれくらい前にアスベストを吸ったのかというと、平均して三十八年前でした。そんな前のことで、こういう病気になる、というのは理不尽ですね。

アスベストで起きる病気には、ほかには、良性石綿胸水、びまん性胸膜肥厚、などがあります。

発症したらどうするか

最後に、いまのアスベストに対する補償制度の現状をお話しします。

二〇〇六年三月のアスベスト新法により、悪性中皮腫は病院で確実に悪性中皮腫であると診断されれば、すべてが補償の対象になります。労働者が悪性中皮腫になった場合は、労働災害の補償も受けられますし、どこで吸ったのか分からなくとも救済制度の対象になります。肺がんの場合は、昔ちょっと吸ったからといって、私はアスベストによるがんです、と立証するのはなかなか難しいことです。十年以上アスベスト関係の仕事をしていて、肺の中にアスベストを吸ったという証拠がある、この二つが揃《そろ》った場合に補償の対象になります。労働者であれば労災の対象になります。自分で会社をやっている人は、労災保険に入ってませんので、新法での補償になります。

身体《からだ》の中にアスベストが入っている、という証拠の一つは、胸膜プラーク（胸膜肥厚斑《はん》）という症状です。アスベストを吸うと、さきほど説明した胸膜の部分が厚みを帯びてきます。もう一つは、肺の組織などからアスベスト小体が出てくれば、これも証拠になります。肺がんのケースでいえば、十年以上アスベストを吸った、という経歴と、胸膜プラークあるいは肺の中にアスベスト小体のいずれかがあれば、アスベストによる病気といえるわけです。

胸膜プラークと診断されて、悪性中皮腫になる前段階だと心配される方も多いんですが、胸膜プラークはまだ病気ではないんです。アスベストというのは、身体に入ってくると、いろんな説があるんですけれども、とにかく、胸膜をこすって傷つけます。その傷つけたところに、厚みが出てくるわけで、これが胸膜プラークです。これは、健康障害、病気、とはいえませんが、アスベストを吸った人間の身体が起こす変化ではあります。

アスベスト小体の方は、アスベストが長い間肺に留まっていると、その繊維の廻りに、鉄やたんぱく質がついて、鉄アレイのような形になってくる、というものです。

アスベストの補償を受けている人が、二〇〇四年を境に、急激に増えています。また、アスベストを扱う仕事に従事している人には、健康管理手帳を交付する制度があります。その手帳があれば、年二回無料で健康診断を受けることができますので、是非利用して頂きたいと思います。

阪神淡路大震災によって、環境の中のアスベスト濃度が高くなり、曝露《ばくろ》が心配されています。大震災の後、何年たって病気が現れるかに多くの人が注目しているところです」

罪深き「火鼠《ひねずみ》の皮衣」

講演会場はそれから別室に場所を移して、前もって希望していた人たちの個別の健康相談となりました。

ぼくは、病院の構内を歩いて戻りながら、ミイラを包むためにも使われたというアスベストは、古代に土器の素材としても重用されていたということも思い出して、アスベストは人類とともにあった物質だったのだな、という感慨を新たにしました。

三浦先生の話にも出て来た『竹取物語』では、かぐや姫は五人の求婚者たちそれぞれに、探し求めてくるように難題を提示します。仏の御石の鉢、蓬萊《ほうらい》の玉の枝、竜の頸《くび》の五色の玉、燕《つばめ》の子安貝、そしてもう一つが唐にあるといわれる火鼠の皮衣でした。

中国の言い伝えによると、火鼠は火山の中にすむ巨大ネズミで、その毛を刈って織れば「火浣布《ひかんぷ》」という布になり、汚れても火中に投ずればきれいになるといわれていました。

そこで求婚者の一人の阿倍《あべ》の右大臣が唐に使いを出し、苦労して手にいれた「火鼠の皮衣」は、「皮衣を見れば、金青《こんじょう》の色なり。毛の末には、金の光し輝きたり。宝と見え、うるはしきこと、ならぶべき物なし。火に焼けぬことよりも、きよらかなることかぎりなし」とあらわされています。しかし、それはニセモノだったようで、火の中にくべたところめらめらと焼けてしまう。

かぐや姫も手に入れることが出来なかった不滅（アスベストはギリシャ語で不滅の意味

です)の「火鼠の皮衣」をぼくたちは手に入れることが出来たけれども、それとともに不滅の危険に曝《さら》されることになってしまったのです。

(図版は講演資料より)

第6章　時限爆弾はいつか目覚める

病名「慢性気管支炎」

一九八六年の春に、F専務の主張通りに、天井を落としてアスベスト除去工事を行ってから、二回目の大改修工事を終えてからも、ぼくの咳《せき》はいっこうに止まりませんでした。

足場の上でも、ふらふらして咳き込むことが多くなりました。とくに、梅雨どきは、熱のせいか、身体《からだ》の芯《しん》から冷えるようになり、咳が発作のように起こることもありました。

高熱があるときに高い足場にあがると、物がうるんで見え、団地の敷地内の芝生の緑に吸い込まれそうになって、我にかえり、あわてて足場のバッテンになった振れ止めにしがみつくこともありました。

同じ頃に、変電室の改修工事の竣《しゅんこう》工検査を受けているときに、施工《せこう》の説明をしながら、六千ボルトの高電圧がかかっている充電部に素手のまま何気なく触れかけて、あわてて検査官に制止されるという、身の毛立つ思いをしたこともありました。息苦しさでぼうっとしている頭では判断力が鈍ってしまうのでしょうか。

こうなっては、命に関わるので、背に腹はかえられず、ぼくは、新宿区の団地の現場の帰りに、都立大久保病院を外来で訪れました。

レントゲン写真やCTが撮られ、診断は、「慢性気管支炎」でした。そのとき、熱も四十度近くあり、痰《たん》もひどかったので、細菌感染もしているのだろうということで、風邪薬と抗生物質と去痰剤、それから解熱《げねつ》用の座薬をもらいました。CTの料金が高くて、一日分の日当が軽く飛んでしまった、とがっかりしたことをおぼえています。

抗生物質は、強いものだったので、どうにか熱は下がり、痰も取れましたが、今度は空咳に変わった咳だけはいぜんとして止まりません。座薬は、それからも熱が出るたびに使い、朝、座薬を入れて、現場へ向かうこともしょっちゅうでした。

そのあとも、高熱が出るたびにぼくは、その当時住んでいた川崎市の市立病院や川を渡った隣の調布の病院などを訪れました。その時々によって病名は、慢性気管支炎だったり、急性肺炎だったり、耳慣れないマイコプラズマ肺炎だといわれたり、と診断はまちまちでした。

その頃から、いまに至るまで見るようになった悪夢には、喉《のど》の奥に硬い繊維状の毛が密生して生えてきて、それがからまったような刺激と息苦しさに耐えている、というものがあります。懸命に指を突っ込んで抜こうとするのですが、とても及ばない――、そのあとはげしく咳き込んで目がさめます。

干刈《ひかり》あがたさんからの茶封筒

一年もそうした状態が続いた後、発熱とともに、左胸の鎖骨の下のあたりが重苦しく痛むようになり、ぼくは近所の医院に駆け込みました。

そうして、今度は、レントゲン写真を見て、肺に水がたまっている、胸水がある、ということで、胸に針を刺して胸水を取ったりなどの検査をしました。その結果は、がんでもないし、結核でもないし、ウイルス性のものでもありませんでした。

医者は、原因不明の肋膜炎《ろくまくえん》、というしかありませんね、という診断でした。

入院を勧められましたが、金がなかったので、親方に事情を話して仕事を休ませてもらい、そこの医院に一ヶ月以上通院することにしました。

その頃ぼくは、近所の人の好意で、空いていた二階の四畳半に一万円の家賃で間借りさせてもらっており、小説の執筆は、おもに明け方に、そこでするようにしていました。

少しでも出費を抑えようと、仕事場のガスも水道も、基本料金だけでも馬鹿《ばか》にならないので、停めてもらい、まだ暗いうちに、自宅のアパートから、湯を入れた小さな魔法瓶と、冬場は湯たんぽを自転車の籠《かご》に入れて仕事場へと向かいました。そして、胡坐《あぐら》をかいた足の股《また》に置いた湯たんぽで、かじかんだ手を温めては執筆したものでした。

その、ひっそりとした四畳半の仕事部屋で聞こえた、湯たんぽの栓のパッキングが微《かす》かにキューッと鳴って締まる音が、いまでも懐《なつ》かしく思い出されます。

そのとき、胸の病気といわれたぼくは、子供に移るんじゃないか、という家人の心配から、その仕事場で寝泊まりするようになり、午後二時になると、そこから近所の病院へと向かいました。

無収入に近い状態になったこともあり、家族のきしみがあらわになり始めた時期でもありました。

その間は、自宅でできる見積書や工事書類や設計図などの作成の仕事を親方からまわしてもらい、アルバイトをしながら自宅静養をしましたが、雇用条件は日雇いと同じだったので、休業保障もなく、生活はとたんに窮することになりました。

止《や》むに止《や》まれず、サラ金から金を借りることになりました。

少年の頃、新聞配達をしている区域の家がサラ金に追われて、一階の窓という窓に、びっしりと神社で見る千社札のように「カネカエセ！」「地獄へ堕《お》ちろ、盗人《ぬすっと》一家め！」などと貼《は》り紙がしてあったことや、それから、結婚して最初に住んだアパートの隣家の住人に、サラ金からの催促の電報がたびたび夜中に届けられていたことも思い出され、それがわが身にも降りかかるのか、という恐れに駆られました。

世間はバブルの盛りでした。

身内に相談することも、そのころの強がっていたぼくには、考えられませんでした。そのときに、事情を知った作家の干刈あがたさんから、十万円が茶封筒に入れて送られてきました。干刈さんのお兄さんも同じ肋膜炎で苦しんだことや、

「こういうときはなんといっても現金がいちばんでしょう。思いがけない不労所得が入りましたから、どうぞ気にせず使ってください」

という鉛筆の走り書きが一緒に入っていて、ぼくは一生恩に着る思いでそれを受け取りました。

干刈さんの長男が、中学を出て働きながら芝居をしたいといったときに、ぼくは相談を受けて、洗足の自宅を訪ねたことがありました。ご馳走《ちそう》にあずかるばかりで、な

にもこれといったアドバイスを与えることはできませんでしたが、ただ、一度でいいから、職安に行ってみるといい。そこではさまざまな仕事があることがわかるが、また中卒で働く条件の厳しさも思い知るだろうと、ぼくは彼にいいました。(干刈さんの七回忌の法要が営まれたとき、すっかり立派に成人して、まだ芝居を続けているという長男と再会することができました)

そんな援助を受けながら、通院と自宅静養のおかげで、幸い、三月ほどで症状はおさまり、電気工の現場にも復帰することができました。

しかし、その後も、三人目の子供が生まれ(短篇を一つ書くのと子供が生まれるのが同じペースだね、と編集者にからかわれたものです)、その子が川崎病という原因不明の難病にかかりました。入院保証金が払えず、結婚して近所に住むようになり、ときどき酒を飲むようになった作家仲間の島田雅彦氏から五万円借りたこともありました。

肋膜炎のほうは、胸水もなくなり、いったんはおさまったかのようでした。空咳はあいかわらず続いてはいましたが。

現場仲間の死

一九八七年の十月に、『雛《ひな》の棲家《すみか》』という、ぼくの初めての本が出ました。デビューしてからちょうど三年がたっていました。

うれしいはずの初めての本ですが、そのときのことを思い出すと、赤ん坊の泣き声や、家人のすすり泣きが聞こえてくるようです。仕事が忙しかったことに加えて、そんな気後れもあって、結局ぼくは、自分の初めての本を書店で見ることはありませんでした。

そんなとき、身体をこわして電気工の仕事ができなくなってしまったので、群馬の田舎に帰り、女子工員と一緒に玩具《がんぐ》工場のラインの仕事をするようになったと聞いていた、一番最初のアスベストまみれになった改修工事にかかわった三人のうちの一人であるTが、亡《な》くなった、と親方から知らされました。

病名は、「肺性心」。

聞き慣れない名なので例のごとく図書館で調べてみると、肺や呼吸器の病気が原因で心臓の右心室が肥大して発症する病気だということです。心臓の病気ですが、肺が原因しているということで、肋膜炎にかかったぼくも、なんとなくアスベストのことを思わずにはいられませんでした。

そして、それだけではなく、今度は、三人のうちのもう一人のZさんが、ビルから墜落死した、ということを聞きました。ビルの屋上でネオン広告灯の修理を行っているさいちゅうに、あやまって一万二千ボルトという高電圧がかかっている箇所に触れてしまい、その感電のショックで墜落してしまったということでした。

「何で危ないとわかっているそんなところにさわっちまったんだろうなあ」

と親方は溜《た》め息をつきましたが、ぼくは、体調不良だった梅雨時に、足場の上や変電室で、意識がもうろうとして正常な判断がつかなくなり、ひやりとしたことを思い出して、とても他人事《ひとごと》とは思えませんでした。

そして、やはりアスベストのことを思いました。

『静かな時限爆弾』という本では、アスベストの被害は何十年後かに起こると書かれていましたが、なんとなく、すでにその前からアスベストの被害はでてくるのではないか、そんな不安をぼくは抱き始めました。

そして、『静かな時限爆弾』にアスベストが原因の病気として取り上げられていた悪性中皮腫《ちゅうひしゅ》や肺がん、石綿肺だけではなく、そうなる以前にも、体調の不良などがもたらす、ちがった形でのアスベストの被害はあるのではないか、とも思うようになりました。

むろん、すべてがアスベストのせいだと断定するわけではありませんが、そんなこともあるのではないでしょうか。

それとともに、自分よりも長年アスベストに接しているはずの親方は、平気なのだろうか？　親方は、工事には付きものの切り傷や擦り傷ものともしないほど皮膚も厚く、まさに健康そのものといった風体です。

人によって、アスベストの影響の受けやすさに差があるのか、症状の出方がちがうのか、そんな疑問も浮かびました。

敵はアスベストか?

『静かな時限爆弾』を読んでから、ぼくは、アスベストに関して興味をもつようになり、新聞の記事なども注意深く探すようになりました。

それで、一九八六年の十月に、米海軍横須賀基地において空母ミッドウェーのおおがかりな補修工事が行われたさいに、大量のアスベスト廃棄物が不法投棄された、という事件のことも知りました。

翌一九八七年には、全国の小中学校で吹き付けアスベストが見つかり、社会問題となりました。

このときは、アスベスト除去工事をする前に、照明器具などをいったん取り外し、除去工事後に、ふたたび前と同じように取り付けなければならないので、われわれ電気工にもその仕事の依頼が多くあり、ようやくアスベストのことが、周知されるようになりました。

それにしても、自分たちがほんの半年前に、アスベストが吹き付けられた壁に取り付けられている換気扇が錆《さ》びて使えなくなってしまったので、一回り大きな新品に取り替える工事（換気扇の枠を取り付けるために、アスベストが吹き付けられている壁を少し大きく切り取りました）を行った中学校の給食室でも、有害なアスベストが吹き付けられている、と問題になり「今頃、遅いじゃないか」と思わされたこともありました。自分もそうですが、そこで調理をしていた人に対してもです。

他にも、蛍光灯の修理で天井裏に入ったり、防音吸音のためにアスベストの含まれたボードを放送室に張る工事をしたりした小学校や中学校など、工事をしてきたいくつもの場所が問題になりました。

このときに、今回のように騒ぎが広がって、アスベストが規制されるようになればよかったのですが、残念ながら、調査点検も不充分なもので、これまでのＰＣＢや環境ホルモン、ダイオキシンなどと同様、次第に忘れ去られるようになってしまいました。

クボタショックに始まった今回も、アスベストの報道は日に日に少なくなってしまっていますが、あのときの二の舞いとならないようにと、強く思われてなりません。

救い主との再会

この頃、東北大医学部の大学院にいた高校時代の友人が、大学の柔道の大会が東京であったということで、その帰りにぼくのところを訪ねてきました。ぼくは高校を出てすぐ社会に出て、彼は二年浪人して医学部に入りましたので、そんな年回りになります。

高校の二年生の時、クラスで成績がトップだった同級生が、大学の医学部に進み、初めての解剖実習の日に屋上から飛び降りたことを彼から知らされて、ぼくは驚くとともに、高校の教室でかつては一色としか映らなかったエリートの級友たちも、様々な人生を歩んでいることを痛感させられました。

そのときに、ぼくが咳《せ》き込んでいるのをみて、

「佐伯、どうしたんだよ、ずいぶん咳してるじゃないか」

と友人が心配しました。

正直な所、咳にも慣れるということはあるもので、ぼくはこの咳は一生続くものだ

とあきらめていたので、自分でもあまり気にしなくなっていました。

「やっぱりけっこう咳してるかな、おれ」

「ああ、さっきからしょっちゅうじゃないか」

それから、ぼくは、去年、肋膜炎になって、医師には原因不明だと首をかしげられたことを話しました。すると、彼は、それはもしかしたらアスベストが原因かもしれない、と言いました。大学の授業で習ったばっかりだ、というのです。

ぼくが、『静かな時限爆弾』に書かれていたことから、アスベストによってなる病気は、悪性中皮腫と肺がん、石綿肺だけだと思っていた、と話すと、彼は、良性石綿胸水とびまん性胸膜肥厚という病気もある、この良性石綿胸水は胸膜炎(昔は肋膜炎ともいった)のことだ、と教えてくれました。そして、自分たちは授業で習ったが、これまでの教科書には載っていなかったので、まだ知らない医者もいるかもしれない、と。そのときに、ぼくははじめて、自分の症状もアスベストによるものかもしれない、と思ったのです。

いま小中学校で話題となっているアスベストパニックの話にもなり、自分たちが通っていた学校にもあったよな、という話もひとしきり出ました。

あとで医学部の彼が送ってきてくれた資料には、アスベストによる胸膜炎(肋膜炎)

についてのこんな記述がありました。

「石綿の曝露《ばくろ》を受けていると、胸膜には特徴的な変化が起こります。その一つが胸膜炎です。一般的に胸膜炎は、結核による結核性胸膜炎や癌による癌性胸膜炎が知られています。しかし、こうした原因がなくても、石綿を吸入しているだけで胸膜炎が起こることが知られており、『良性石綿胸水』などとも言われています。

良性石綿胸水は、石綿高濃度曝露の場合に発生率が高く約九パーセント。潜伏期間は石綿関連疾患中一番短く、曝露十年以内に発生する疾患は良性石綿胸水のみであるともいわれています。しかも、石綿の曝露開始から二十年以内では石綿関連疾患のうちで最も多い疾患です。

病状としては、左右の胸腔《きょうくう》に繰り返し水が溜《た》まり、胸膜にゆ着を起こすことが特徴です。再発率が高く、約半数にびまん性胸膜肥厚を残します。中皮腫が発生する可能性を想定しながら経過観察を行うべきです」

原因の糸口がわかったことで、アスベスト被害を扱った本で読んでいた、原因不明の悪性中皮腫や肺がんで亡くなった被害者の人々の思いや、かつての仕事仲間の死、自分の体調のことなど、それまで悶々《もんもん》としていたものから、先にかすかな灯りのようなものが見えた思いでした。

仕事と健康　さあどっち

医学部の友人からアスベストのことを教えてもらってから、アスベストの現場には注意をするようになりましたが、現場の職人たちにはそんな臆病風《おくびょうかぜ》が、という雰囲気がまだ残っていました。

学校などではある程度問題になっていましたが、一般の現場ではまだまだアスベストの中で仕事をすることは多く、ヤバインじゃないの、というようなことは、下っ端《したっぱ》の一職人の立場からは、なかなか言えるものではありません。

いま学校でのいじめが社会問題となっていますが、こうした現場でもいじめはあります。何しろふつうの社会よりも気が荒い人が多い集団ですから、一緒に作業をしているときに目を付けられて気に入らないとなると、鉄筋コンクリートの現場で仕事をしているときに、鉄筋に電気を流して離れたところで作業をしている職人にビリッ、ビリッと感電させたり、左官屋がきれいに仕上げた壁や天井を竹ぼうきでこすって傷だらけにしたり、電気の配管にわざとコンクリートを詰めて線が通せないようにしたり、待ち受けて、闇討《やみう》ちしたり……、などという具合です。

こんな状況で、若い職人がアスベストのある現場へ行け、と命じられたら、とても断れない雰囲気なのはわかってもらえるでしょう。

全国の小中学校では、子供たちに対するアスベストの被害が問題になりましたが、こうしたアスベストの現場で働く建設職人たちへの被害のことにはまるで触れられていないことにやりきれなさを感じて、ぼくは一九八七年の十二月に「端午」という小説で、アスベストに曝露した現場のことを初めて書きました。医学部の友人から、詳しくアスベストのことを聞いたことも大いに力となりました。

そこにはこんなシーンを描きました。

「今にして思えば、コンクリートスラブに吹き付けられていたのは、紛れもなく石綿《アスベスト》だった。当時はまだ、建物の断熱材や防音材として利用されている石綿を大量に吸うと、細い繊維が肺に突き刺さり、塵肺《じんぱい》や肺癌を引き起こすという危険性について広く知らされていなかった。私と座間見は、そんな危険については露知らず、防塵マスクも付けずに、石綿を大量に含んだ粉塵がたちこめている天井裏で、終日作業を続けていたのだった」

同じ小説の中でも書きましたが、自分たちの苦境を察してくれた親方が、病気がちな一番下の男の子に、端午の節句に五月人形を贈ってくれたこともありました。

また、当時の忘れられない事故現場の工事のことも書きました。

正月の四日に緊急に呼び出された焼身自殺の現場がありました。

その部屋の電気配線の後始末をする仕事でしたが、管理人の話では、母一人息子一人の母子家庭で、大学を卒業した息子が就職したころから母親がノイローゼになったようで、それまで髪の毛が黒々としていたのが急に真っ白になって、髪の毛を染める気にもなれなかったようで、それからは急に老《ふ》け込《こ》んでしまったそうです。

部屋には、人の形をした生々しい焦げ跡が残っており、台所には片手鍋《なべ》の中にインスタントラーメンの縮れた麺《めん》の残りと一緒に箸《はし》が突っ込んでありました。

世間はバブル騒ぎでしたが、その渦中《かちゅう》のときからすでに、世の中からこぼれてしまった人々がいたのだなあ、という思いから、いまでもよく覚えている光景です。

電気工日記

ぼくの咳は相変わらずひどく、今度は、小学校に通うようになった長女が、緘黙《かんもく》症《しょう》になってしまいました。緘黙症というのは、人前で口をきくことができなくなってしまう病気です。これも、経済的なことによる家庭の不和が原因だったように、いまのぼくには思われます。

児童心理学の専門家に相談したところ、早めに転校させることをすすめられ、通勤の不便には目をつぶって、思い切って利根《とね》川を渡ったところにある茨城県の古河《こが》市の隣の総和《そうわ》町（現在は古河市と合併）に移住しました。

ちょうどその頃は、テレビで、リクルート事件の報道がされていたころでした。川崎市テクノピア地区へのリクルート社進出にからみ、同市助役へのリクルート社の子会社であるファーストファイナンス社の未公開株融資付き売買疑惑を発端として、まもなくリクルートコスモス株の疑惑譲渡先として元閣僚を含む七十六人が発覚し、さらにこの事件の追及をすすめていた社会民主連合（当時）楢崎弥之助《ならざきやのすけ》議員に五百万円の収賄《しゅうわい》工作があったとの代議士自らの告発という事態にまで進展した事件では、「妻が株をもらった」「秘書がもらった」という釈明だらけだったことを思い出します。

ぼくは、総和町の自宅から、自転車で古河駅までいき、そこから東北本線（宇都宮線）、山手線、京王線と乗り換えて、親方のところに、二時間半かけて通うことになりました。

当時の仕事ぶりを電工手帳に記したメモから再現してみましょう。

一九八八年十月四日（火）

朝五時三十二分古河発の東北本線に乗る。

世田谷区のK住宅(作者註　原文は実名)外灯修理六ヶ所。

武蔵野のK西住宅で、受水槽、高架水槽(給水塔式)の電極修理。高さ四十メートルの給水塔は、防水、外壁工事のための足場が組んである。屋上は、作業員の小便の異臭が立ち込めていた。下まで降りて行くのが面倒な気持ちも分かるが、何せ下は飲用水の水槽だ。コンクリートの亀裂《きれつ》、マンホールのふちなどを伝わって、小便が混入しないとも限らない。防水工事を施そうというのだから、むしろその可能性大だ。

池袋発十九時〇五分の電車にて帰宅。

十月五日(水)

朝六時四十分の古河発の列車で出勤。幸い坐《すわ》れる。

H住宅の十四階の非常灯取り替え。十四階の階段から梯子《はしご》を掛けるわけにもいかず(階段と、非常灯が付いている外壁との間に、一メートルほどの隙間《すきま》があり、そこから地上まで真っさか様だ)、屋上から身体《からだ》一つようやく横たえられるほどの庇《ひさし》に出て、手探りで球を取り替える。おまけに堅牢《けんろう》な防水型の器具なので、手間取ってしまった。

空き家の台所蛍光灯取り替え。この団地で、やはり空き家の修理を行った際、トイレに前居住者らしい人の気配があったことがある。ペンキが付いてしまったのかと思って、強く扉を引いても開かず、内側から鍵《かぎ》をかけている手応《てごた》え。「早く出ていった方がいいぜ」と声をかけて見逃した。他人事《ひとごと》とは思えなかった。

十月六日(木)

S住宅で階段灯取り替え。

M住宅でポンプ室の電灯配線を臨時に外灯から引く。以前は建物から配線が行っていたが、自動点滅器工事を行った際、接続を忘れたらしい。

T住宅で外灯修理。居住者の若い男性、あれこれと話しかけてくる。昼間、家にいる男性を見かけると、自分もつい最近まで肋膜炎《ろくまくえん》で仕事を休んでいたことを思い出す。家の内の修理でも、心配そうに事細かに訊《たず》ねてくるのはおおむね男性の方だ。伝票に判を捺《お》してもらいに行くと、管理人の主婦、寝ていたらしくなかなか出てこず、仏頂《ぶっちょう》面《づら》。さもたたき起こされたのを恨んでいるかのよう。

埋立地のY住宅で、玄関のチャイム修理。コンセント取り付け直しの個人工事。何度か依頼されたことがある白髪の老人、パジャマ姿で出て来て、やつれの姿が痛々しいほど。顔相が変わっていた。

連休前とあって道路混雑の中を都心のT住宅へ。ポンプ制御盤のマグネット取り替え。盤の動作に若干不安を残しつつ、電車で帰宅の途へ。坐れず、古河まで立ちっぱなしではさすがに疲れる。

悪い予感があたってしまった。十時過ぎ、ポケットベルで連絡があり、T住宅で断水という。朝始発でともかく現場へ直行することにする。

十月七日(金)

朝七時、断水が起きているというT住宅の現場へ直行。断水の原因は、受水槽の電極が腐食のため、接触不良を起こし、制御盤のモーターの空転防止回路が働いたため、と判断。取り敢《あ》えずの応急処置を施し、朝食を摂《と》りに近くの喫茶店に行って来ると、後で管理人より現場を離れてどこに行っていたのかと叱責《しっせき》を受けて憮然《ぶぜん》とする。電極棒を取り替えて修理完了。台風が近付いているために、嫌な天気。……

そんなさ中、ぼくは過労で倒れました。

夜中にトイレに立って倒れ、明け方になって気がつくと、トイレのタンクに額を打ち、血だらけになっていました。

すぐに近くの日赤病院にいき、取りあえず傷を七針縫う応急処置を受け、一般外来がはじまるのを待って、脳波などの精密検査を受けました。前にも仕事で、頭に怪我《けが》をしたことはたびたびでしたので、それらの後遺症も疑われましたが、問題はなく、脳神経外科の院長先生による診断は、過労と排尿失神という病名でした。排尿失神というのは、名の通り、小便をパンパンにため込んで排尿したさいに起きる失神のことで、原因は不明。夏場のビアガーデンなどでときおり起こして昏倒《こんとう》する客がいるのだといいます。ぼくは、どんな症状にも名前が付くものだ、と他人事のように感心させられました。

診察の間、ずっと咳《せ》き込んでいるぼくをみて、院長先生は、きちんとレントゲンをとったほうがいい、とすすめました。それで、胸のレントゲン写真を撮ると、やはり肋膜炎の跡があり、肺炎のような影もありました。現在の仕事の内容や通勤時間の長さを聞いて、それは仕事の内容を考えたほうがいいんじゃないか、と心配してくれました。

肉体労働は無理じゃないかな。立ち入ったことを言うけれど、この土地でもっと肉体的に楽な仕事を探したほうがいいんじゃないか、とも院長先生は忠告してくれました。たぶん、肉体的にも限界ではあったのでしょう。ぼくは、院長先生の言葉に頷《うなず》く思いがありました。

このときの忠告を思い出すたびに、「聡明《そうめい》さが窮地をすくう」という言葉を思い出します。ぼくはこのときはじめて、アスベストの現場から足を洗うことを考えはじめていました。

交通費がかさむこともあり、そろそろ自分も引き際《ぎわ》かな、と思い始めていましたので、高校を出て浪人していたせがれが、跡を継いでくれることになった、と親方から聞かされて、ぼくは親方のところを辞める決心をしました。

アスベスト禍にはあいましたが、二十代を打ち込み、誇りさえおぼえるようになっていた仕事を離れるのはやはりさびしさが拭《ぬぐ》えませんでした。

見習いからやってもらう

親方のところを辞めても、作家専業でやっていける、という身分ではあいかわらずありませんでしたから、ぼくはこれまでの仕事のキャリアをいかせる仕事を探しました。

古河の職業安定所に行って、それなら総和町にある配電盤団地という工業団地の中にある電機工場がいいのではないか、と紹介してもらいました。そこは主に大手の下請けを請け負っている工場のようでした。

面接にいくと、専務だという四十代の男性は、初任給を提示して、これまでの収入との差にがくぜんとしているぼくに、

「電気工をやっていたといっても、ここでは見習いからやってもらうからそのつもりで。もっと金が必要だったら、残業はいくらでもあるからそれで稼ぐことだな」

といいました。

ぼくは、わかりました、と答えました。

二十八歳。子供を三人かかえてのぼくの中途採用での初任給は、十六万五千円でした。

しかし、バブルの末期にさしかかっていたとはいえ、まだ好景気で、たしかに残業は希望すればいくらでもあり、月百五十時間ほどの残業代を入れて、ようやく生活ができる額となりました。家賃は3Kで五万円ほどでした。

元請けの大企業の冬のボーナスは、五ヶ月、六ヶ月分と過去最高の水準、と言われている中で、その下請けの工場の勤続四十年の熟練工は、せいぜい一ヶ月半のボーナスがやっとで、それでも過去最高、といわれていました。熟練工は、銀行に就職したばかりの娘のボーナスよりも低い、とこぼしていました。

相変わらず咳には悩まされていましたが、前の職場のように身体をフルに動かすの

ではなかったので、症状はすこし落ち着いていました。ぼくは、電気工のときに太い電線を扱っていた経験から、工場ではなり手が少ない、太い電線を配線する力作業を主に任される仕事に就きました。電線を扱っていれば楽しい、気が落ち着く、という思いはここでも同じでした。

扱っていた太線は、絶縁耐火のために、石綿紙の被覆がほどこされているものが多かったり、簡単な溶接をするさいに耐熱の石綿布を使う機会もあったので、すっかりアスベストとはなれたわけではありません。

その後、下請けにきていた工場から誘われて、小さな工場に移ることになり、パートの主婦たちに教えながら、配電盤の製造にたずさわるようになりました。驚いたことに、そこで働いているパートの人たちは、パート賃金ということで税金がかからないように給与がかなり低くおさえられているにもかかわらず、それまでいた工場の正社員たちにも負けない(中にはそれ以上の)配線の腕前を持っていました。

東京ドームの空調設備をはじめ、銀行やビルなどで稼働《かどう》している設備の多くは、そんな彼女たちによってじっさいは造られていることをぼくは知りました。彼女たちに、自分たちが造っている盤が実際に稼働している姿を見せてやりたいものだと思いました。そして、地方のパート労働者があまりにもの低賃金で働かされていることに、割り切れぬものを感じました。

いま、正社員と派遣契約社員の待遇格差、賃金格差などが問題となっていますが、それはすでにこの頃から存在していました。

工場と文学とバブル崩壊と

その工場では、自分の受け持ちの製品を期日までに必ず完成させるという条件で、フレックスタイム制で働かせてもらえるようになりました。最初は仕事に慣れるのに精一杯で一年半ほどは何も書けませんでしたが、次第に、執筆の追い込みのときには数日休ませてもらい、その分ほかの日に、早朝と夜間や休日にも残業するなどして、少しは小説を書く時間もまとめてとれるようになりました。

家庭を立て直す、ということで移住したのですが、きしみは大きくなるばかりで、工場で寝泊りすることも多くなっていました。埃《ほこり》っぽい夏場に、青大将も出るような体育館を小さくしたぐらいの広い工場の隅で毛布を敷いて寝ていると、わけもなく涙があふれてくることもありました。

それでも一九八九年の四月に、「プレーリー・ドッグの街」を書き、翌一九九〇年の二月には「ショート・サーキット」を書き上げ、そこでぼくは、ようやく電気工を主人公にした小説を完成させることができた、宿望を果たした思いがありました。

そのあとに書いた「一輪」は、元電気工仲間への追悼の思いで書きました。けれども、アスベスト禍で亡《な》くなる主人公が悲劇的過ぎる、という批評が多かったものです。げんざいであれば、その批評も変わっていたのではないでしょうか。

当時のバブル騒ぎの街では、コンクリートの打ちっ放しの現場や、パリのポンピドーセンターあたりを真似《まね》したのか、わざわざもとあった天井を落として天井裏の配管を見せたり、最初からスケルトン(透明)天井にしたり、という店がおしゃれなカフェバーや気取ったレストランなどにあふれていました。

もちろんアスベスト吹き付けをそのままにしているところには、お目にかかりませんでしたが(岩綿吹き付けの天井が剝《む》き出しになっている書店はありました)、配管に巻かれている保温材やパッキングなどにもアスベストが含まれていることを知っているぼくにとっては、あまり気持ちのよい空間とは思えませんでした。

配管がさらされているのは、人間の病んだ内臓がさらけ出されている様をぼくに想像させました。

それから、「アスベスト館」という土方巽《ひじかたたつみ》の暗黒舞踏の稽古場《けいこば》兼劇場が目黒にあったことも思い出されます。一九六〇年〜七〇年代には、三島由紀夫、澁澤龍彥《しぶさわたつひこ》などそうそうたる人々が集まったこの場所は、土方巽の夫人の父親が、アスベストを扱う会社を経営し、その儲《もう》けで娘に「アスベスト館」という稽古場を作ってプレゼントしたと聞いています。建設されたのは一九五二年で、土方によって「アスベスト館」と命名されて、「舞踏」創造の場とした一九六〇年代には、アスベストの「不滅」という精神をうたった命名だったのでしょうが、一九九〇年のこの時期に公演のポスターなどで「アスベスト館」というその名前を目にするたびに、ぼくはグロテスクな感じを受けて仕方がありませんでした。（アスベスト館は、二〇〇三年に経済的理由から閉館を余儀なくされたそうです）

一九九〇年の十二月に、本にまとめた『ショート・サーキット』で野間文芸新人賞を受けて、その賞金百万円で、ぼくはようやくサラ金との縁が切れました。工場の昼休みに自転車を飛ばして最後の返済にいったときには、汗とも涙ともつかないものが目にしみました。

一九九一年に、高校のときから書き継いでいた青春小説の「ア・ルース・ボーイ」を十三年かかって書き上げ、この作品でぼくは三島由紀夫賞を受賞することになるのですが、やっと作家専業になれる、受賞してこれから、という時に、体調不良がつづき、そのあと一年間は、小説はまたほとんど書けなくなってしまいました。
世間ではバブルがはじけました。

マイホームという名の悪夢

いまなら、けっしてそんな浮かれたことはしなかった、と反省するのですが、三島由紀夫賞を受賞して、賞金と本の印税で少しまとまった金を手にしたぼくは、それを頭金にして家族の念願の家を建てようと思いました。
幼なじみで仙台で不動産屋になっている友人に相談すると、さすがに東京近郊や仙台市内では無理だが、県内の土地なら、買えるところがあるので、それを担保にして住宅ローンを組んで家を建てたらいいのではないか、ということでした。
さらに、その時期には、リクルート事件でも名前があがった宮沢喜一氏が総理大臣で、景気対策として「ゆとり返済」なる制度をつくりました。(このときに建った住宅の多くは、「カラーベスト」など、アスベストを含んだ屋根材を多く使っています。アスベストを消費するために住宅建設を奨励するということもあったのではないでしょうか)
借りた当時、若い頃は返済額を少なめに、歳《とし》をとって給料が上がってから多めに返済するという触れ込みで、いまとなっては「おとり返済」としかいいようのない制度ですが、そのときのぼくは、銀行がすすめるままに、まんまとおとりにかかってしまったのです。数年後には何とかなるだろう、という甘い考えしかありませんでした。

　一九九二年の十二月二十四日。ぼくは、東京の出稼ぎ先から、新築になった家へと戻りました。

　出稼ぎ先は、親方のところの現場です。筆一本になることはやはりできず、ぼくは大きな入札工事をするようになって人手が必要になった親方のところで、臨時働きをするようになっていました。

　クリスマスイヴだったその日は、東北は強い寒気におそわれて大雪となりました。帰りの新幹線に乗っているときから、ぼくは咳《せき》が止まらず、熱も出て来たらしく、関節が痛み全身がだるくてたまりませんでした。

　夕食をすませて、新築だというのに、ずっと締め切っていたためにカビのにおいがこもっている部屋でやすんでいると、真夜中、突然息がつまるようにはげしく咳き込んで目が醒《さ》めました。痰《たん》がからみ、呼吸するたびに喉《のど》がゼーゼー、ヒューヒューとなり、まったく息が出来ず、空気が肺に入っていきません。動悸《どうき》が激しくします。

このままでは窒息してしまう、とぼくは急いで、一一九番をダイヤルしました。運び込まれた最寄《もよ》りの国立療養所の当直医に気管支喘息《ぜんそく》の大発作に肺炎も起こしている、と診断されて、ぼくはそのまま入院することになりました。（当日は、ぼくのほかに、あと二人が喘息の発作で入院したとあとで知りました）

ぼくが気管支喘息と診断されたのは人生で初めてのことでした。

入院中には、慢性気管支炎とまた胸膜炎が見つかり、肺に影が写っているということで、病室から仙台の東北大学病院へ通って、さまざまな精密検査も受けました。やはり原因不明の胸膜炎という診断で、ぼくはアスベストの仕事に従事していたことを話しましたが、そのせいかどうかは判断できない、という返事でした。

退院して、今度は東北大学病院に通院して、精密検査を続けながら、取りあえず喘息の治療をおこなうことになりました。

まず、禁煙をきつく言い渡されました。禁煙しなければ診ませんから、ともいわれ、これ以降、好きだった煙草《たばこ》はやめました。（一度、もらい煙草をしたとたん、喘息の発作を起こして病院に担《かつ》ぎ込まれましたが、それからは煙草を吸っている人が多い会議のあとなどにも発作が起きるようになってしまい、文学関係のパーティーなども欠

席がちになってしまいました）

気管支拡張剤とステロイド剤を吸入する治療を受けるようになってから、少しずつ咳や痰もおさまるようになりました。

そして、三年ほど通った後からは、アスベストの後遺症も診てもらうなら労災病院にかかった方がいいだろうと紹介されて、いまに至っています。

早死にする作家ナンバーワン

大学病院に通院していた頃は、離婚して、仙台市内の四畳半のアパートを借りて独り暮らしをしていました。

生家の世話にはなりたくない、という意固地なところがぼくにはありました。

肺の影が消えないのでいくつもの検査がおこなわれ、がんなどの疑いもほのめかされて、三十代初めのぼくはショックで鬱《うつ》にもなりました。万年床で脱け毛がひどいので、頭を自分で虎刈《とらが》りに丸めてしまったりしたのも、いまおもえば鬱のせいだったのかもしれません。

同じ四十代の若さで、作家の中上健次さんや干刈あがたさんが続けて亡くなったことから、次は佐伯一麦だ、と口さがない編集者から噂《うわさ》されていた、と後になって知らされたこともありました。

離婚は、手当てや生活保障を受けるための偽装ではないか、と団塊の世代の批評家から噂されたり、大学でも教鞭《きょうべん》をとっている同世代の作家が、「早死にする作家ナンバーワンは佐伯一麦だ」と授業で言っていた、と伝え聞いたこともありました。

それらの噂に腹がたつ、というよりは、確かにその当時は、傍目からみれば、そういわれても仕方がない状況だったのでしょう。

仕事ができなくて、入院治療費や養育費、住宅ローンなどを、家の建築費用として住宅金融公庫から借りた資金から流用して、工務店に未払いとなってしまう、という借金もあり、ぼくは反応性の鬱病になり、とうとう一九九三年の夏に睡眠薬による自殺未遂を起こしてしまいました。

それからぼくは、鬱病の治療も続けることになりました。

第7章　何をいまさら

「クボタショック」襲来

それから十二年経《た》ちました。

二〇〇五年の六月三十日の朝、いつもの習慣で、夜明け前に起きてひと仕事してから(徹夜仕事は体力的にきつくなったので、早朝から仕事をはじめて夕刻には終えるようになりました)、起きてきた妻と朝食を摂《と》りながら全国紙の朝刊を広げたぼくは、一面に掲載されている記事に、目が釘付《くぎづ》けとなりました。

そこには、昨日二十九日、クボタが「尼崎市の旧神崎工場で働いていた従業員ら七十八人が、アスベストが原因のがん、中皮腫《ちゅうひしゅ》などで死亡していた」と発表し、さらに、近隣住民にも中皮腫の患者がいることも公表した、と報じられていました。(クボタの情報開示はもちろん評価できますが、六月二十九日の毎日新聞大阪版の夕刊一面トップ記事に、ずっとアスベスト問題を追ってきた毎日新聞大阪本社社会部編集委員の大島秀利《ひでとし》記者による「10年で51人死亡　アスベスト関連病で　社員らを支援　クボタが開示」というスクープが掲載されることになって、急遽《きゅうきょ》記者会見した、という事情もあったようです）

また、同じ日には、中皮腫になった住民三人、土井雅子さん(56)、前田恵子さん(73)、Hさん(53)が意を決して記者会見したことも、テレビニュースで報道されました。三人とも淡々と話す様子が、かえって静かな怒りを感じさせました。日本中に衝撃を与えた「クボタショック」の幕開けでした。そしてこのときから、日本列島がアスベスト騒動の渦に巻き込まれました。

そのときぼくは、とうとう「静かな時限爆弾」が、世間に向かって爆発した、と思いました。けれども、それ以上に、「何をいまさら」という思いが拭《ぬぐ》えませんでした。一九八七年の学校パニックでも世間は騒然としましたが、いつの間にか話題にも上らなくなってしまいました。あのときに、国が徹底的な対策をほどこしていたら……。

そして、その間に、事はいっそう深刻な事態に発展していたのです。

一九九二年、三十三歳のときに、身体《からだ》をこわして作家専業となることを余儀なくされたぼくは、一九九五年に再婚し、喘息《ぜんそく》の治療とアスベスト禍の後遺症の検診、鬱《うつ》病《びょう》などの治療で、毎月二つの病院に通院しながら、少しずつ小説も執筆できるようになりました。

肋膜炎《ろくまくえん》がアスベストによるものかもしれない、と教えてくれた高校時代の友人は、その後、大学病院の医局員、公営病院の医師を経て、実家の内科医院を引き継ぐようになり、今はぼくのホームドクターとしていろいろと相談に乗ってもらうようになりました。

症状がひどいときには入院や通院によって、喘息や抗鬱剤の点滴の治療を受けながら、どうにか連載の仕事もこなせるようになり、工務店への借金も、きびしい取り立てをしないでくれた温情のおかげもあって、徐々にですが返済し、完済することができました。

別れた家族たちが住む家のローンが、「ゆとり返済」で六年目から返済額がはね上がって苦労させられたものの、なんとかこれまで滞納することなく支払い続け、染色家の妻との共稼ぎで、作家専業で細々ながら生活できるようになりました。

ずっと、免除の申請をしていた(この期間は三分の一だけ年金が支給されることになっています)あとは、申請が却下されて不払いとなっていた国民年金も、二〇〇六年から、さかのぼることができる分の支払いをはじめました。また、別れた前妻も、地元の人と再婚したと聞きました。

最初は、妻の仕事の都合もあり、蔵王《ざおう》の麓《ふもと》の町で、築五十年近い古家を借りて、手を入れながら住み、一九九八年からは仙台市内の中古マンションに居を構えました。仙台は地方都市といっても、首都圏とくらべれば家賃も半額程度と安いので、やってこれたということもあるでしょう。

三十代の終わりからは、労災病院で喘息の治療のほかに、自費で、年に一回のレントゲン検診と肺機能検査、二、三年に一度の割でのCTを受けて、アスベストの後遺症が出ていないか注意してきました。いまのところは、その後胸膜炎の再発もなく、無事に暮らしてきました。

そうはいっても、厄年を越えるまで生きてくると、アスベスト疾患以外の病気にも気をつけなければならなくなります。後厄に当たる年には、二十六ミリの大きさになってがんになりかけていた大腸腺腫《だいちょうせんしゅ》の手術を受け(一年遅かったら、大変なことになっていましたね、と担当医に言われました。さいわい上皮にとどまっていたのでことなきを得ましたが、これはがん保険に入っておかないと、と思い申し込むと、当然のことながら既往症で加入を断られてしまいました)、さらに高血圧、命には別状がないのですが焼けた火箸《ひばし》をあてられたような強い痛みが眼の奥に起こる原因不明とされている群発頭痛の治療も受けるようになりました。

大腸腺腫が内視鏡検査で見つかったときには、頭の斜め上に見えるモニターの画面でぼくも一緒に見ていて、

「ありましたね。これは大きいな。二センチ半か三センチ近くありそうだな」

「ポリープでしょうか、それとも悪性のものでしょうか」

「さあ、そうでしょうか。微妙だな。これはがん化する腺腫といわれるポリープですからね。それに、ポリープが二センチを超えると、がん化している割合がかなり高くなるんです。うーん、どうかな」

といったやりとりが医師との間で交わされて、自分のことながら、このやりとりは何だかおかしい、と思わされたものでした。そして、今度は大腸がんの心配が増えましたが、それでも、この二十年来、肺のレントゲン写真の影に怯《おび》えさせられていたのよりは、相手の姿が明確なだけいくぶんの救いがあるように感じました。

いっぽうで、アスベスト疾患以外の病気で、自分がもし死んだら、アスベスト被害者にカウントされないことになる。潜伏期間が長いアスベスト疾患になる以前に、そうして亡《な》くなった数字上にあらわれていない人もたくさんいるだろう、と気付かされました。

そんな人は、火葬にされた身体の中で、燃えないアスベストが、人知れず光っていたかもしれません。

アスベスト疾患の潜伏期間の長さを意識してはいましたが、アスベストのことは、もう吸ってしまったのは仕方がないのだから、中皮腫や肺がんの初期発見を目的とする検査のとき以外は、あまり考えないようにしてきました。

けっして泣き寝入りはしない

そんな気持ちで、アスベストのことを〝封印〟するように暮らしていたところに、やがて、クボタショックは起こったのです。

「文藝春秋」から、アスベスト禍にあったことを手記の形で書いてもらえないだろうか、という依頼の手紙が舞い込みました。

自分は、アスベストのことはすでに小説には書いてきたのだから、それ以上何をいまさらいうことがあるのだろう、と迷い続けました。

それでも、テレビや新聞による連日のアスベスト報道には自然と目が向くのをおさえられません。その中で、テレビで海老《えび》原《はら》勇医師(62)が取り上げられたときの映像には、強い印象を受けました。

海老原医師も、すでにクボタショックの二十年以上も前からこの国のアスベストの問題に気付き、取り組んできたというのです。

海老原医師は、千葉大学の医学部を卒業してすぐから、浜松の中心街から車で一時間半のところにある、かつて銅山で栄えたものの三十五年前に閉山して過疎《かそ》となり無医地区となった佐久間《さくま》町で、週に三回、地域医療を続けてきました。そして、残る週の三回は、東京でアスベスト疾患の患者の診察に当たっているということでした。

アスベスト疾患に目を向けるようになったきっかけは、スティーヴ・マックィーンが、肺がんで亡くなったといわれていたのが、じっさいは悪性中皮腫だったことで、日本の中でも石綿の汚染がどれくらいひろがっているのか調べなければいけないと思ったのだそうです。

おだやかな口振りながら、これまでじっさいの医療現場では、アスベストが原因のがんが、煙草《たばこ》による肺がんなどとして見過ごされてきた、という実態を語り、総務省発表で五百八十四万人といわれる建設労働者の立場に添って、労働災害に苦しむ患者たちを救おうという姿勢に感銘を覚えました。

映像では、それまで煙草による肺がんだとされていたのが、海老原医師のところでアスベストを吸った証拠である胸膜肥厚斑《はん》が見つかって、アスベストによる肺がんと労災認定された七十六歳の元電気工の患者が、かつては鉄骨にアスベストを吹き付けないと建築許可がおりなかった、その吹き付けのところで線を通すなどの仕事をしていたという経験を話してもいました。

強く印象に残ったテレビのドキュメントがもう一つありました。それは関西で制作された番組で、三十五年ものあいだ、ビルの天井や壁などの内装をしてきた職人である森本秀邦(68)さんが、十年前に突然現場で倒れてアスベストを大量に吸い込んだことによる石綿肺と診断されたので、労災を受けようと長年付き合いのあった元請けの大手建設会社を訪ねると、うちの責任ではない、と承認を断られるというものでした。

森本さんは、大工にあこがれ、苦しい下積みを経て二十二歳で一人前となって、広島、神戸、大阪と転々としながら腕を磨いたといいます。

「安全第一、安全第一と仕事を早くさせて、病気した後は、うちはしらん、うちはしらんといって」

うちの現場でアスベストなど吸った証拠はないでしょう、といわれ、ほかの建設会社を訪ねても同じこたえがかえってきました。森本さんの職人としてのプライドは大きく傷つけられて、生活にも困り、自殺まで考えたといいます。

番組中に、森本さんが咳《せき》をするのを聞いて、妻がぼくの咳と同じだ、とつぶやきました。（妻と知り合った頃、書店などで待ち合わせをすると、向こうから〝咳〟が近づいてくるので、ぼくがやってくるのがわかった、と彼女はよく言っていました）

元請けの建設会社を訴えようと、森本さんが弁護士に相談するシーンで、

「森本さんの記憶の中で、粉塵《ふんじん》がひどかったというのが、アスベストの粉塵がひどかったのか、アスベスト以外の粉塵も含めてひどかったのかということになると、区別がつかんでしょう」

と弁護士にきかれて、

「経験してる人じゃないとね、ちょっと……」

と森本さんが言い淀《よど》みます。

それを見て、ぼくは、言葉による説明があまり上手ではない職人たちのことを思いました。そして、アスベスト大手メーカーのクボタやニチアス、大手のゼネコンの社員が手厚く補償を受けているのに対して、その下請けや孫請けでじっさいに現場でアスベストを吸っていた職人たち、さらにその人たちに使われていて、いまは所在さえも転々としているであろう出稼ぎなどの季節労働者や日雇い、アルバイトの人たちは、これでは救われない、という思いを新たにしました。

海老原医師や森本さんの姿から、けっして泣き寝入りはしない、という勇気をもらった気がして、ぼくは手記の依頼に応じる気持ちに次第になってきました。そして、この機会に、海老原医師をはじめ、「何をいまさら」と思っているであろう人々の話も聞こうと思いました。

数年前にノルウェーを舞台とした小説を書いたときに、こんな話を聞いたことがあります。

〈ヨーロッパでは、インフルエンザ研究の学者たちが、当時世界で二千万とも四千万ともいわれる命を奪ったスペイン風邪が流行した一九一八年と同じようにインフルエンザが大流行する危険がある、と警告しはじめている。また、三万二千人の死者が出た香港《ホンコン》風邪の流行した一九六八年以降に生まれたものは、皆ウイルスにおかされやすい、という指摘もある。香港風邪を起こしたウイルスに免疫《めんえき》をもたないからきわめて危険であるというのだ。

それにそなえて、ノルウェーの北極海に浮かぶ島の教会墓地で、科学者たちが遺体調査を開始した。そして、その目的は、一九一八年のスペイン風邪に倒れてこの地に埋葬された七人の遺体から、インフルエンザ・ウイルスのサンプルを取り出そうというものである。

その島では地下一メートルで、年間を通じて凍結しているいわゆる永久凍土にぶつかる。その、数万年前から続く氷河現象の遺物でもある永久凍土の中に埋葬された遺体には、ウイルスが凍ったまま保存されている可能性があるというわけだ〉

過去の厄災の痕跡《こんせき》を表層から掘り起こしてでも、現在の危機に対応しようとする西欧の科学者の情熱を、アスベストに対して自分も持たなければ、と思いました。

アスベスト禍は個人を超えた、いってみれば高度成長期の日本が問題を抱えていながら、それを見まいとしてきた死角なのですから。

そうして、ぼくのアスベストの〝封印〟は解かれたのです。

海老原医師との出会い

二〇〇六年一月三十日月曜日。ぼくは、現在住んでいる東北の仙台から、朝早くの新幹線でアスベストの取材のために上京しました。

そして、すぐさま、港区の芝公園近くにある「しばぞの診療所」へと足を運びました。ここで海老原勇医師が診療しており、その午前中の診察時間に間に合うようにと、急いでやって来たのでした。

ビルの二階のワンフロアを使っている診療所の待合所のファンヒーターで温まった室内には、十四、五名の患者の姿がありました。大部分は現役を引退したとおぼしい六十から七十年配の男性で、その風貌《ふうぼう》姿勢からは、ぼくが昔現場を共にした人たちと同じく、建設職人の人生を送って来たらしいことがうかがわれました。

初診の人たちには、待っている間に、アスベストに関する聞き取り調査を若い女性が行っています。

「ああ、よかったよかった」

大きな封筒に入ったレントゲン写真を手に診察室から出てきた五十年配の女性が、もう片方の手で胸を叩《たた》きながらそう言って、調査をしていた女性の方へと向かいました。「やっぱり胸膜肥厚斑がありましたわ。これで、労災の認定が受けられそうです。ほんまにありがとうございました」

「そうですか、よかったですね」

と女性が顔をほころばせました。

父親か、それともご主人が肺がんなのだろうか、とぼくは想像しました。

「個人情報保護法があるから、本人じゃないとだめだって、病院ではなかなかレントゲン写真貸してくれなかったんや。そんなことというたかて本人は死んでしもうてんのや、遺族しかできんやろが」

五十年配の女性が、誰にともなく訴えました。

それを聞いて、ぼくは、個人情報保護法が、間違った適用をされていることもあるのだな、と思いました。

アスベスト曝露《ばくろ》の後遺症による悪性中皮腫《ちゅうひしゅ》や肺がんと認定されて労災の補償を受けるには、喫煙などによる肺がんと区別するために、アスベストを吸った証拠である胸膜肥厚斑（胸郭の内面を覆《おお》っている胸膜に部分的に繊維が増加して厚くなってきていること）が認められなければならないのは前にも説明したとおりです。（二〇〇六年三月二十日から申請が始まった、いわゆる「アスベスト新法」では、悪性中皮腫は原則として救済されることになりました）

しかし、胸膜肥厚斑は、まだまだ医師によっては見落とされてしまうことが多いらしく、レントゲン写真の再読影をしてもらうために、全国から患者の家族や遺族が海老原医師のもとを訪ねているのでした。ぼくがいた間だけでも、このほかに、大分から来た建交労という労働組合の男性が持参した三名のレントゲン写真のうち、二名に胸膜肥厚斑が新たに確認されていました。

ぼくの番になり、名前を呼ばれて診察室へ入ると、テレビで見覚えのある海老原医師が待っていました。

「君はよく、あの時点でアスベストの被害のことを知っていたね」

と開口一番、海老原医師が言いました。

文藝春秋の編集者があらかじめ、一九八七年に執筆して翌年に発表した、アスベストの現場を扱った「端午」が収録された文庫本を送ってくれていたのでしょう。ぼくは、友人の医師によって教えられたこと、そしてアスベストに関する現場のじっさいを話しました。

これまで、説明するたびに、建設現場のじっさいを把握している医師は稀《まれ》であることを痛感させられてきましたが、海老原医師はそうした労働者に多く接しているせいでしょう、ああ、そうなんだってね、大変だったね、と理解して声をかけてくれました。

「建築基準法では学校や百貨店、共同住宅に限らず一般の住宅でも不燃・耐火構造が義務づけられています。そのため、石綿の九割が軒天材、天井材、防火壁、サイディングなどの外壁材、床タイル、スレート瓦《がわら》など、家屋の建築材として消費されています。

このような建材の切断や取り付け作業に際して、大工やサイディング工など、多くの職種の方に直接・間接の高濃度曝露が認められます。特に、電動丸鋸《まるのこ》による石綿ボードの切断では周囲がかすむほど粉じんが立ちこめ、極めて高い濃度の石綿の曝露を受けることになります。防音材としても石綿が使われており、防音工事でも高濃度の石綿曝露が指摘されています。

電工は、天井裏などの狭いスペースに入り込んで天井材や壁材など、石綿セメント製品に穴をあけて配線するなど不測の石綿曝露を受けています。

水道配管工は耐火建築で石綿の被覆をほどこした塩ビ水道管の敷設《ふせつ》を行うことで石綿の曝露を受けています。

左官屋さんでは、壁の塗り直し工事で、古い壁材を剝落《はくらく》する際に吹き付け材や壁材に含まれている石綿を知らないうちに吸入してしまうことがあります。また、モルタルでは『のり』を良くするため、テーリング材という石綿の粉末を混合して使用することもあり、充分な注意が必要です。

塗装工は、新築現場では石綿セメント製品の切断や取り付け作業からの間接的な曝露を受けますが、塗装部の塗り直しに際しては左官と同じように不測の石綿曝露を受けます。

また、石綿はスチームなど、高温の配管を被覆する断熱材や保温材としても使われています。そのため、保温工や空調工などでは高濃度の石綿曝露を受けています。

鉄工では、以前は鉄骨に石綿が吹き付けられており、修理などに際して大量の石綿曝露を受ける危険があります。現在、石綿の吹き付けは原則的に禁止されていますが、石綿入りの鉄骨被覆材は今日でも使用されており、敷設や除去に際して石綿の曝露をうけます。

鳶《とび》・解体工は建物解体作業で高濃度の石綿曝露を受けるため、充分な注意が必要です」

と海老原氏は、一九九六年に発行された『建設労働と石綿・アスベスト』というブックレットの中で、建設労働者が常にアスベストの曝露の危険にさらされていることをすでに的確に指摘していました。

「君の場合は、結核性のものでも、がんによるものでもなく、原因不明の胸膜炎だということだったのなら、それはアスベストを吸ったことによる胸膜炎だったと考えられるな。アスベストによる胸膜炎は、短期間の石綿曝露でも起こるんだよ。しかも、曝露開始から二十年以内では、アスベスト関連疾患のうちで最も多いんだよ」

という海老原医師の説明に、報道で取り上げられることが多い、悪性中皮腫や肺がん、石綿肺の患者以外にも、それ以上多くの建設労働者たちが、自分と同じ苦しみを味わってきたことを知りました。

十年ほどアスベストの現場を体験したぼくでさえこうなのですから、二十年、三十年もの長きにわたって仕事をしてきた人たちのつらさを思うと、いたたまれない思いにとらわれました。

沖縄出身者Gさんの話

昼近くになり、待合室の人影もまばらになった頃、電気工と設備工をしていて、体調を崩して肺炎や肺気腫などの診断を受けた後、職業病である疑いがあるとして海老原医師を紹介されて「アスベスト肺を伴う肺結核」だとわかり労災の休業補償を受けることが出来たというGさんの話を聞くことができました。

沖縄出身で浅黒く彫りの深い顔立ちや、中学を卒業して集団就職したという身の上といい、私よりも六歳年上の年回りといい、Gさんは私に、以前現場で一緒だった兄貴分の職人仲間を懐《なつ》かしく思い起こさせました。

「いまの症状としては、平地を歩く分には不自由ないんですが、坂道、階段はゆっくりと登らないと苦しいです。荷物を持って歩くのはつらいですね。

昭和四十三(一九六八)年に、沖縄の中学を卒業して、集団就職で静岡の紡績会社に就職しました。そこに三年いて、いちど沖縄に帰り、沖縄で三年間くらい、電気工事の仕事を覚えました。あとは内地で設備の仕事を覚えれば、沖縄の電気・設備がいっしょになった会社に就職するうえでも便利だと考えて、二十歳のときに内地に来て設備の仕事をはじめました。

そのころは鉄骨のビルが多く、アスベストを吹き付けているときに配管の仕事をしたり、アスベストを手でどかして配管したりしました。現場監督さんも、危険性などはまったく認識していなかったので、タオルを鼻と口の周りに巻くくらいで、作業していました。あまりしっかりと口の周りを覆うと、暑くて仕方がないんです。現場では身体《からだ》じゅうがチクチクするのがいちばんいやでしたね。特に設備工事の場合は、配管が終わったあとに、保温材やグラスウールをまく仕事があったから、アスベストに限らず、チクチクする材料がたくさんありました。

そこで作業した後は、痰《たん》が毎日出ていました。グチャグチャの濃い痰でした。四十歳の頃から、息苦しくなってきました。煙草の吸い過ぎだと自分では思っていたのですが、会社で健康診断したところ、四十二、三のときに『肺気腫』だと言われました。『薬を飲めば肺気腫は治るんですか』と聞いたら、『治らない』と言われました。それであきらめて、仕事はずっと続けていたんです。それから三、四年してから、今から三年前、現場で階段を上り下りしているときに、左の肺に穴が開いて、気胸を起こしたんです。その頃は、咳と痰はそれは激しかったです。

それが治ってから一年ほどした後、肺炎を起こして、二十日ほど入院しました。退院して仕事を再開しましたが、仕事がキツいんです。それでまた今度は右肺に穴が開いて、緊急入院しました。一ヶ月入院して、手術で肺を十センチくらい切りました。

それが治ってから、建設組合の方から『Gさんの場合はひょっとすると職業病の疑いがあるから、いちど海老原先生に診てもらうように』といわれました。

それで一年ほど前に海老原先生に診てもらったら、『アスベスト肺を伴う肺結核』だと診断されたんです。

それまでは、労災があるということを知りませんでしたから、家のローンもあったし、働けなくなると思って全部手放していたんです。海老原先生のおかげで、休業補償がもらえるようになって、たいへん助かりました。

仕事はきつかったんですが、仕事をしないわけにはいかないから続けていたら、肺に穴が開いたりしたんです。

ほんとうは、もうちょっと早めに現場で監督さんたちが、アスベストが害のあるものだと分かっていたらよかったんですけれども、監督さんたちもわからなかったですからね。

マスクをして仕事をしても、一時間くらいするとマスクが汗びっしょりになって苦しいんですね。息ができなくなっちゃうから、マスクを取って息をするんですね。

現場は都内の四、五階建ての鉄骨のビルが多かったですね。ほとんどのビルでアスベストは吹いてましたからね。テナントビルが多かった。マンションもありました。コンクリートの建物はあまりなくて、鉄骨が多かったですね。鉄骨はアスベストを吹き付けないとダメですから。

仕事の仲間でも、私がこうなってから、『俺も診てもらおうかな』と言っている人はいるけれども、まだ診てもらってないですね。

私は仕事を早く覚えるために、現場でも先輩がいやそうにしている仕事を進んでやっていましたから、人一倍、アスベストを吸っていたと思うんです。身体も小さいですから、狭い場所にもぐりこめたし、みんながいやがる仕事を自分からやれば、先輩も仕事を教えてくれましたから。仕事を覚えたいためにみんながいやがる仕事を自分が進んで何十年もやっていたということはありました。

いやな現場、チクチクしたり埃《ほこり》っぽいというのは現場に入っただけでわかりますから。その分自分が他の人より多く吸ったということはあるかもしれないですね。

天井の中にもぐってアスベストが吹いてあるところで修理もしましたから。天井の中で漏水があるときとか。天井をはがして作業するとお金がたくさんかかるんですよ。だから点検孔の中からもぐって天井の中の作業をよくやりました。天井の中はアスベストが吹いてあるんですね。

その中に入ると、モワーッと舞い上がって吸ってしまう。それを何十年も続けてきましたから。

光の加減でアスベストが見えるんですよ。キラキラ、キラキラ。『あー、こんなの吸っているんだな』と思いながら仕事は何十年もしてきました。だからなるべくキラキラを見ないようにしてきました。見るともう怖くなっちゃいますね。

でも、結局、誰かがそれをやらなければ仕事は終わらないし、他にやる人もいないですからね。

仕事を覚えたら沖縄に戻って沖縄で仕事をしようと思っていたんですが、結婚して子どもができてむこうに帰れなくなっちゃったんですね。

そして四十代の頃から肺気腫の症状が出てきた。咳《せき》がはげしく、朝起きると痰がコップ一杯くらい出た。いつも女房には、『痰つぼを用意するから自分で始末しろ』と怒られていたんです。(付き添ってきた奥さんが、『変だなあ、と思っていたんです』

とことばを添えました）

けれども健康診断では煙草《たばこ》の吸いすぎだといわれて、現場でそういうものを吸ったせいだとは考えていなかったんですね。

肺炎で入院したときには、『数年後には在宅酸素療法が必要になるかもしれない』と言われましたが、まだそこまでは至っていないです。

いちばん最後の会社では、『斫《はつ》り（ノミをハンマーで叩くなどしてコンクリートを削ったり砕いたりすること）』の仕事も多かったんです。パン屋さんや一階建ての店舗が多かった。床をあげるとお金がかかるので、今あるコンクリの床を斫って。斫る前にダイヤモンドカッターでコンクリを切ってから斫るんです。そのときの埃が、窓を締め切りでやらないと隣近所から苦情が来るものですから。その埃のムンムンする中で十年以上やっていましたね。

二十八歳から四十歳まで十数年やっていて、そのときに相当悪くしたと思うんですね。三十分もすると髪の毛が真っ白になりますからね。外に出るのは表に煙草を吸いに行くときだけ。

一日中、朝から三時、四時まで斫りをやって、それが終わってから夜八時頃まで配管をするような会社だったんです。

ポン柑　ポン酢

どちらも柑橘類を連想させる言葉だから、「ポン」はみかんのこと？『広辞苑』によれば、「ポン柑」はインド原産でその名は地名のプーナ(Poona)による一方、「ポン酢」はオランダ語で柑橘類の絞り汁を意味するポンス(pons)に由来し、「酢」は当て字。「ポン」は偶然の一致だ。ちなみにポンスは英語のポンチに当たり、フルーツ・ポンチの類を指すこともある。

二十から二十八くらいまではアスベストの現場で配管をやって、二十八から四十くらいまで斫りをやりましたから、悪いもんを吸ってしまったんですね」

Gさんとは、アスベストの曝露《ばくろ》を受けた現場の状況について、お互いに手に取るように分かり合うことができました。

そして、Gさんからは、後日、沖縄の田舎の親が心配するといけないので、仮名にしてほしい、という連絡を受けました。その思いは、ぼくにも痛いほどよくわかるものでした。

横須賀の三浦溥太郎《みうらひろたろう》医師

翌日ぼくは、神奈川県の横須賀に、横須賀市立うわまち病院呼吸器科の三浦溥太郎医師を訪ねました。

横須賀は造船の町で、船には機関室など耐火のためにアスベストを多く使用するので、古くからアスベストの被害については知られていました。そもそも一九八六年十月に、米海軍横須賀基地において空母ミッドウェーの大がかりな補修工事が行われたさいに、大量のアスベスト廃棄物が不法投棄されているのが暴露されたのが、一般の人々にも広くアスベストの害が知られるようになった発端でした。（アメリカ本国ではアスベスト処理の規制が厳しくなっていたので、ミッドウェーの大改修の際に出る大量のアスベスト処理をまだ規制が緩い日本で行うことが、横須賀に寄港した目的だとも言われています）

その直後に、石綿によると見られる肺がんが、神奈川県横須賀市の旧海軍工廠《こうしょう》や米軍基地造船所で石綿材に長期間接触していた作業員に多発していることが、三浦医師らの調査であきらかになり、昭和三十年代から石綿の輸入量が急増していることから、「今後、石綿肺がんは増加傾向」と警告したことは、すでに報道されていました。

しかし、二十年前にわかっていながら、バブルの空騒ぎへと世の中は熱中し、やがてバブルが崩壊してからも不況下にあって、労働環境問題は、なおざりにされてきました。

「二十年以上前から、アスベスト対策において日本は先進国から遅れており、見放されてきたんです。でも、さすがにこれだけ報道されれば、もうアスベストの被害については隠すことができないでしょう。ようやくヨーロッパなどと同じ土俵にたてるようになったという思いです」

と三浦医師は柔和な口調で口を開きました。「以前は、アスベストが原因の病気の患者さんには、根掘り葉掘り聞いて、どこでアスベストを吸ったのか確かめなければならなかったのですが、いまは患者さんの方から心配してくるようになりました」

中皮腫《ちゅうひしゅ》（以前は、悪性中皮腫、良性中皮腫という区別がありましたが、げんざいではあえて悪性中皮腫といわなくても中皮腫といえばすべて悪性腫瘍《しゅよう》を意味するようになりました）の臨床例を数多く診てきた三浦医師は、造船所に勤める夫の作業衣を自宅で洗濯していた女性三名が中皮腫になった症例も報告しています。そして、中皮腫は長い潜伏期間があるとされていますが、十二年で発病したという報告もあって、個人差もあり、この程度ならば大丈夫といった数値はないといいます。

「佐伯さんの場合、喘息《ぜんそく》になった結果にせよ、禁煙してすでに十年以上経《た》っていることが大きいと思いますね。禁煙を三年すれば肺がんのリスクは半分減るともいわれていて、アスベスト肺障害の危険の軽減策としては、禁煙が非常に有効ですから。ただし、これからも毎年レントゲンの検査を受けて、三年ごとにＣＴも受けるようにしてください」

ぼくの病状について、三浦医師は、かつての胸膜炎はやはりアスベストによるものだったと考えられますね、とした上で、そうアドバイスして下さいました。ＣＴは被曝量も多いので、心配だからといって毎年受けたりするのは、かえってすすめられないということです。

クボタ旧工場跡にて

そして、ぼくは、次に尼崎を訪れることにしました。

当時のことを振り返っているうちに、クボタの旧神崎工場の面影は失われてしまっているかもしれませんが、これだけのアスベストの被害者を生んだ現場をどうしても一度は踏んでおこう、と思えてきたのでした。

ＪＲの尼崎駅で降り、ペデストリアンデッキのある北口へ出ると、駅前には洒落《しゃれ》たテナントビルや高層住宅が建ち並んでいます。駅から街路樹の植え込みがある道を東へ行くと、やがて大きな通りにぶつかり、そこから急に長らく阪神工業地帯の中心を担《にな》ってきた工業地域の印象へと変わりました。横須賀にも似たたたずまいだ、とぼくは感じました。

大型トラックが目立つ大通りの信号が変わるのを待って渡ると、右手すぐに、かつてクボタの旧神崎工場があった場所、現在の「クボタ本社阪神事業所」があらわれました。線路を挟んだ向かいには、何度かテレビの映像でも同じように映っていた、アスベストによる健康被害がともに問題となっているヤンマーの工場が見えます。

どんよりとした曇り空の下、きれいに整備され真新しい建物に替わった工場は、昭和三十、四十年代の高度成長に沸き立つ中で、人知れず静かに積もっていたアスベストの面影を思わせるものは何も見当たりませんでした。

それでも、せっかく足を運んだのだから、せめて工場の回りだけでも巡っていこうか、と東端の塀に沿って右に折れると、そこにはぼくが電気工のときに工事のため足を運んだのと似たような団地の建物が立ち並んでいました。

裏庭は、一坪ほどずつに区切られて、居住者たちがめいめい自分の庭にしています。草花を植えている庭、小さな樹木の庭、家庭菜園……。時季外れの夏蜜柑《みかん》を付けている木を目にして、そういえば花梨《かりん》、柿《かき》、栗《くり》、銀杏《ぎんなん》など、団地ごとにうまい果実の樹《き》があって、親方と一緒に、工事の合間にそれらを失敬するのが愉《たの》しみだったことをふとぼくは思い出し微笑《ほほえ》まされました。

しかし、この団地にも、アスベストによる中皮腫で四十八歳の若さで亡《な》くなった武澤眞治さんが、子供の頃住んでいました。引っ越してきたのは、高度成長期の盛りで公害の問題も叫ばれた一九六九年。（お兄さんの記憶では、兄弟で、クボタで製造されている土管で遊んだといいますが、ぼくたちも原っぱに積んである土管にのぼったり穴の中にもぐったりして遊んだものです。そして、一九六九年というと、仙台で育ったぼくにも忘れられない光景があります。それは化学工場の廃水で、広瀬川に何百という鮎《あゆ》やオイカワなどの魚が大量死して浮かび上がった光景です。友人と死んだ魚を拾っては、夕飯の魚になると持ち帰りましたが、とても油くさくて食べられたものではありませんでした。その広瀬川もいまは清流をずいぶんと取り戻しています。公害が終焉《しゅうえん》したかと思われる頃になって、タイムラグを経てアスベスト禍という新たな公害が生まれたのも皮肉な話です）

また彼は、一九七五年以降にクボタでアルバイトを二ヶ月したといいます。勤務は建材等のこん包、工場内の運搬、整理業務。

ぼくとほぼ同世代の彼は、高校を卒業した後に尼崎の魚市場で修業をしながら、地元に小さなうなぎ屋を持つことを夢にしていたと、テレビのドキュメントで知りました。

「今ごろ国がどうやこうや言って。早めに情報出したらええのに悪質なところを感じます。もうちょっと考えてもらいたいです。勝手すぎますわ。何をするにも遅いし。日本の国に憤《いきどお》りを感じます」

生前の彼は、酸素マスクの向こうから、弱々しく喘《あえ》ぎながらも、強い怒りと無念さを滲《にじ》ませながら、そういっていました。

クボタの工場の外側の道を線路際《ぎわ》まで行き着くと、そこから右手は立入禁止となっており、仕方なくぼくは、元来た道を引き返すことにしました。再びJRの尼崎駅への道を西へ辿《たど》ると、冬枯れた街路樹に、ぼうっと白い花が咲いているように見えるものに気付きました。その根元に近付いてみると、ほうぼうに広卵形の三個の実を付けており、その表面の蠟《ろう》のようなものでおおわれているところに冬の薄日が当たって、微《かす》かに光っているのでした。

東北では見かけない木だな、と首を傾《かし》げる心地で歩いて行くと、「ナンキンハゼ」と書かれたプレートがあって、名前がわかりました。関西のサラリーマン家庭の生活と、そこにひそんでいる危機を描いた庄野潤三《しょうのじゅんぞう》の小説『プールサイド小景』を中学生のときに読んで以来、主人公の家の近所に植えてあって象徴的な印象をたたえている南京《ナンキン》ハゼとはどんな木なのだろう、とずっと気にかかっていた樹木と、思いがけず出会うことができたのです。

いまのぼくたちは、かつて封印されていたものが、それを解かれて表へと露出してしまった時代を生きているのかもしれない、と思いました。阪神淡路大震災で、人々は否応《いやおう》なく、建物の内部や構造に目を向けざるを得なくなりました。その被災の現場でも、アスベストが飛散していたと聞きますが、そもそも建設労働者は常にそのさなかで働いてきたわけです。

その後の9・11で倒壊したワールドトレードセンタービル(建築中にアスベスト使用が禁止されたために、建物の四十階近くまで工事中だった耐火被覆材のアスベストを全部取り除いて新材料にやりかえたために倒壊したともいわれています)もしかりです。

まだまだ、世の中の死角に入っていたものが、これからもあらわれるのではないか、とぼくは思いました。

第8章　アスベスト禍の原点を訪ねて

アスベスト訴訟第一回公判

二〇〇六年八月三十日水曜日。

国を相手にしたアスベスト訴訟の第一回公判が、大阪地方裁判所で開かれることになりました。

石綿紡織業の発祥地であり、百年間にわたって石綿紡織業が集中立地していた大阪・泉南地域の石綿工場の元従業員や近隣住民ら八人(故人三人)が、全国に先駆けて、石綿被害に対する国の責任を問うために総額二億四千四百二十万円の損害賠償請求訴訟を大阪地方裁判所に起こしたのです。

被害者たちは、補償を受けようと思っても、零細企業が多かったアスベスト工場は倒産閉鎖しており、また二〇〇六年三月から申請が始まった、国が医療費や死亡一時金を給付するいわゆる「アスベスト新法」からは石綿肺が除外されているので、補償が受けられません（＊章末の註参照）。

裁判を傍聴することにしたぼくは、群発頭痛の持病があるので、発作が誘発されることがある飛行機は避けることにして、満を持して前日のうちに、仙台から新幹線を乗り継いで大阪入りしました。

裁判の当日、昼前に最寄《もよ》りの地下鉄駅の淀屋橋《よどやばし》駅から、残暑が厳しい中を歩いて向かう途中、土佐堀川を渡って大阪市役所のある中之島《なかのしま》で川の流れを眺めながらひと休みしました。昼食時とあって、近くで働く人たちが川岸のベンチに座って弁当を食べているのを見ながら、大阪が水の都であることを実感させられました。

そして、中之島公園内にあった三好達治《みよしたつじ》の「母よ――」ではじまる「乳母車」の詩碑を見やってから、堂島川に架かったアーチの組合せが美しい水晶橋を渡って、すぐ先の地裁へと足を向けました。

わずか二十二枚の傍聴券を求める人の列は後方へと長く続いていましたが、ぼくは幸い傍聴券を得ることができました。

平成18年(7)第5235
損害賠償請求事件

原告　岡田春美　外7名
被告　国
平成18年8月30日午後1時30分
　法廷第202号

定員百人の第202号大法廷には入り切れないほど傍聴者が詰めかけ、この問題の社会的関心の強さをあらわしているようでした。

はじめにテレビカメラ用の映像を撮った後、午後一時三十分ちょうどに、小西義博裁判長は本訴訟の口頭弁論の開始を宣言しました。

そして、いよいよ国家賠償を求めた初めてのケースとなる裁判の意見陳述が、トップバッター、原告の南和子さんによってはじまりました。南さんは、いくぶん緊張の面持ちで意見陳述を始めました。

「私は、このアスベスト国家賠償訴訟原告の南和子です。去年二月二日に私の父は亡《な》くなりました。父は、石綿関連の職歴は一度もありませんでした。戦後間もなく農業に従事するようになり、その後ずっと田畑の耕作を行ってきました。

父の耕作していた田畑の隣には、三好石綿工業というアスベスト工場がありました。

このアスベスト工場は、比較的規模が大きく、敷地も建物も広くて、いくつかの建物が建っていました。それらの工場の建物には窓が無数にあり、毎日、窓から粉じんを飛散させていました。

工場の南側には大型集じん機が取り付けられ、そこから、大量の白い粉じんが、生のまま何の処理もされずに、もうもうと放出されていました。外は風がよく舞うので、工場から出る埃《ほこり》がいつも舞い上がり、父の耕作していた田畑一面に真っ白い粉じんが入ってきて、玉葱《たまねぎ》やキャベツ、米にまでかかっていました。

工場側の建物と畑の距離は一メートルくらいしかなく、その真下で農作業をしていた父は、粉じんをまともにかぶっていました。

父は、七十歳を過ぎたある日、突然体調を崩し、血痰《けったん》が多く出るという、思いがけない症状に見舞われました。父を医師に診せたところ、医師からは『あなたはアスベスト工場で働いたことがあるのですか。肺にアスベストが突き刺さっている』と言われました。それを聞いて、父も私もびっくりしました。医師からは『アスベストを取り除くことはできません。一生このままです』と言われ、たいへんショックを受けて帰宅したのを憶《おぼ》えています。

農民なのになぜ石綿肺にならなければならないのでしょうか。吸い込んだ粉じんが長年の間に肺に蓄積され、肺を患《わずら》うことになったに違いありません。

父は、酸素を肺で吸収しそれを全身に送ることができない状態で、寝たきり状態になり、十三年間ベッドの上での生活を強いられました。

私は、父から目を離すことができなくなりました。父は、亡くなる一年ほど前からは、酸素吸入器を使用するようになっていましたが、目を離すと、酸素濃度設定のダイヤルを、決められた数値以上に、限界まで上げるのです。

父は、『ヒーフー、ヒーフー、ゼイゼイ』とむせながら咳《せき》をしたかと思うと、血痰が喉《のど》の奥に詰まる発作を頻繁に起こしました。父は、苦しくて真っ赤な顔になり、『ううー苦しい』ともがきました。そういうときには、気管支拡張剤を使って発作を抑えるのですが、その際、父は、苦しい息の中で『なぜこんなに苦しいのかのう』と言うのでした。

父が涙を流すこともしばしばでした。父は、まるで拷問《ごうもん》のような苦痛に苦しめられ続けたのです。私は、『遠からず死を迎える父はどんな思いで毎日を過ごしているのだろうか』と思うと、いたたまれない気持ちになりました。

病気による死の恐怖にさらされながら送る日々の中で、父は、『一日は一年ほど長い』とよく言っていました。目を閉じて『もうあまり長くはないなあ』とあきらめのようなことを言うこともありました。

体はやせ細り、まるで骨と皮だけのミイラのようになっていました。父は、亡くなる一週間前に風邪をこじらせ急性肺炎を発症しました。呼吸困難でぜいぜいと息苦しく、吐く力もなくなって言葉を発することもできず、見舞いの方々に手で何かを伝えようとしていました。

『寛三さん、何言うてんのか。しっかりせい』と皆が励ますのですが、父は、言葉が出ないので、手で皆の顔を触り涙を流す有様でした。自力で息を吸い込もうと胸をのけぞらせて手足をばたつかせ、皆を困らせました。

最後には、息を吸い込む力、吐く力が衰え、苦しみ抜いた末に死が訪れました。父は、『この苦しみを訴えたい』と言い残して亡くなりました。父は、最期《さいご》まで、この耐え難い苦しみから逃れられなかったのです。

アスベストを吸い込んでいたのは、父だけではありません。私も、幼い頃父が農作業をする間、畑の脇《わき》の粗末な小屋に寝かされていました。

アスベストの工場から五十メートルも離れていないところに家があって、そこで育ちました。私も、たくさんの粉じんを吸っているはずです。だから、今健康に非常に不安をかかえています。

　このままでは、苦しみ抜いて死んでいった父の無念の思いは晴れません。この裁判を通じて、国はアスベスト問題を放置してきた責任を認め、私の父が受けた苦しみと、父のみならず家族の受けた生活上の負担や精神的苦痛も償ってほしいと思います」

原告たちの苦しみは

次いで、二人目の原告の岡田陽子さんが、法廷に立ちました。

「私は、このアスベスト国家賠償訴訟原告の岡田陽子です。

私の両親は、以前、阪南《はんなん》市にあった小さな石綿工場で働いていました。私は、その石綿工場の真横にあった社宅で生まれ育ちました。工場と社宅の間は、大人が横になって通れるくらいしか空いておらず、工場と社宅の窓が向かい合っていて、社宅の窓を閉めていても、部屋の中にアスベストの粉じんが入ってくる状態でした。

そのうえ、私の生まれ育った社宅の周りには半径百メートル以内に、四つもの石綿工場がありました。

母は、子供が小さい間は、仕事を休みたかったようですが、当時の石綿工場は景気が良く、会社に子供を連れてきていいから仕事に来てほしいと言われ、アスベストの危険性を全く知らなかった母は、小さな私を連れて、仕事に励みました。

母が、仕事をしているそばで、私は、材料を入れる大きなかごに入れられて、じっと座っていたそうです。工場の中には、いつもアスベストの粉じんが舞っており、幼い私の頭に石綿の真っ白なほこりがつもっているのを見て、母はかわいそうに思って、私にそっと帽子をかぶせたと言います。

このようにとても優しく働き者の母ですが、アスベストが将来重大な肺の病気を引き起こすことを全く知らずに、幼い私を連れて、一生懸命仕事に励みました。

石綿工場で働く両親のそばで、私も、両親と同じようにアスベストの粉じんを吸い込み、育ちました。

私の父は、石綿肺と診断され、『思った以上に肺がへばっていて危険な状態です』と医師に言われ、咳や痰や息苦しさに苦しみ、治療を続けていました。父も母と同じように、石綿工場で長年働いてきたので、労災の申請をしたのですが、労災給付の決定が下りる前に、肺がんで亡くなりました。

父は、労災の給付が下りないことを気にしながら『苦しいのに、何で、何で』と何度も言いつつ亡くなりました。

父の肺がんが発見された時には、すでに末期がんの状態で、医師から余命半年を宣告されましたが、父の寿命はわずか四ヶ月弱しか持ちませんでした。医師の説明によると、ベースに石綿肺があると肺がんの発見が遅れるとのことでした。父は、胸に手を当てて『いつもと違う。妙にしんどいんや。変に苦しいんや』と何度も言いつつ、急激に衰弱していきました。

食事を調理する際のにおいをかいだだけでも気分が悪くなり、食事自体を受け付けず、最後には水分しかとれない状態で、よほど苦しかったのでしょう。父は『病院に連れて行ってほしい』と自分から言いだし、入院してわずか五日で亡くなりました。六十六歳という若さでした。

父に先立たれた母も、今、石綿肺に侵されています。石綿肺と診断されてから、母は毎日『楽に息がしたい。普通に息を吸いたい』と苦しみながら生活し続け、二十年近くが経《た》ちました。

母は、長年、胸や背中の痛み、咳や痰、のどの違和感などに悩まされ続けています。食事を取る際には、うまく食べ物を飲み込めずにむせ込むことが多くあります。咳き込んだあと、唾液《だえき》や食べ物がうまく食道に行かずに、このまま息が止まるのではないか、死んでしまうのではないかと思うことが頻繁にあります。

このようなむせ込みを防ぐために、きつい咳止めの薬を飲むことが増えてきました。また、母は、いったん風邪を引くとなかなか治らず、冬中風邪をひいているような状態です。体力が低下し、人一倍疲れやすく、人混みに行くとすぐに息苦しくなるために、外出することさえままなりません。

そして、私も、今、石綿肺に侵されています。いつも咳や痰が多く出て、あめ玉をなめていないと喉がかすれて声が出ない状態です。ほんの少し小走りをしただけでも、息苦しく、動悸《どうき》が激しくなります。また、胸の痛みや圧迫感、背中の痛み、息苦しさのため、お風呂《ふろ》に入るときには腰までしか湯船につかることができません。胸まで湯船につかると、肺がお湯の圧力で圧迫されて、息が出来なくなってしまうのです。

私は、現在、看護師の仕事をしています。夜勤をこなし、患者さんの入浴介助を行い、不規則なシフトの中で一生懸命働いています。咳や痰、胸の痛みや圧迫感、背中の痛み、息苦しさが絶え間なく続くこの状態で、看護師の仕事を続けていくのは、本当につらいことです。でも、私は、今、どんなにしんどくても、仕事を辞めるわけには行きません。私には、高校に通う十六歳の息子と、石綿肺で苦しむ母がいます。この二人の生活を支えるのは私しかいません。息子が成人するまでは、私は倒れるわけにはいきません。かつて、私の母が私にしてくれたように、私も息子の母として、一生懸命働き、子供を育てていかなければなりません。

私は、両親と違って石綿工場での職歴がないため、労災では一切救済されません。何の救済もない私にとっては、子供を育てるために、どんなにつらくても看護師の仕事を頑張っていくしかないのです。


私には、石綿工場での職歴はありません。でも、両親の職歴イコール私が石綿にさらされた年月です。会社に子供を連れてでも働きにきてほしいと言われて、幼い私を連れて仕事に励んだ結果、家族ぐるみで被害にあってしまったのです。

私は、両親の労災申請のために労働基準監督署に行くたびに、労働者の家族は救済されないのかと問い続けましたが、何の動きもありませんでした。

私たちの家族以外にも、もう一人、同じ石綿工場の社宅で生まれ育った人がいますが、すでに肺の病気で亡くなったと聞いています。石綿工場の社長の息子さんも肺の病気でなくなったと聞きました。

今、母は、私に言います。『石綿がこんな重大な病気を引き起こすのを知っていれば、子供を連れて石綿工場に仕事に行くようなことはしなかった。社宅には住まなかった。石綿の仕事はしなかった』と。

国は、石綿の危険性について知っていながら、石綿工場の労働者及び家族や地域住民に対して充分な説明指導を行わず、何の対策も講じることなく放置しました。このような国の無責任な姿勢に怒りを感じ、絶対に許せないという気持ちでいっぱいです。この裁判を通じて、国はアスベスト問題を放置してきた責任を認めてほしく思います」

泉南地域で使われたアスベストの白石綿は青石綿に比べて毒性が低いこともあって、クボタショックで問題となった中皮腫《ちゅうひしゅ》が病気の進行が早いのとはちがって、石綿肺は、じわじわと、まさに真綿で首を絞められるかのように病状が進むために、これまで世間の目を惹《ひ》くことが少なかったのでしょう。

そして、咳というのは、本人はもちろんつらいのですが、家族など周りの人たちにとっても、それを聞いているのは本当につらいものなのだな、と我が身に照らし合わせても思わされました。

岡田さんは、ぼくと同じく、朝晩、肺の炎症を抑えるステロイド吸入を続けていると聞きました。その通院費、薬代もかさみます。隙間《すきま》のない救済をうたったアスベスト新法までが、その補償の対象を中皮腫と肺がんの人のみに限って、石綿肺を除外していることへの矛盾を感じずにはいられませんでした。

アスベスト禍の原点

翌日ぼくは、原告の人々がアスベストの被害を受けた大阪の泉南地域を訪ねることにしました。

かつては「石綿村」とも呼ばれた、泉南地域のアスベストと綿を混ぜて糸や布にした石綿紡織は、動力源(水車)や紡織に必要な屑綿《くずわた》の入手が容易であったこと、それからもともと紋羽《もんぱ》(足袋の底に使用する布)の製造工場が多数あったので、その紡績技術を取り入れ、一九〇八(明治四十一)年に現在の泉南市において創業されたのがはじまりとされています。

その後、生産方式も昭和初期には西洋紡績方式に切り替えられたことから、生産量は飛躍的に高まり、戦前は、海軍の艦船用、鉄道の機関車用などに利用され、戦時中は国が指定工場を設けて軍用品を納めさせ、戦後は、配管に巻く保温・断熱材や配管の継ぎ手やシール材の原料として、ボイラーや化学プラントには不可欠なものとして、また自動車からベビーパウダーまで三千種類ともいう加工品の用途に、高度成長期に需要が急増しました。

一九七〇年代の最盛期には、二百以上の事業所で約二千人が従事したといいます。その納入先は、クボタ、ニチアスなどのアスベスト大手メーカーで、いわば泉南地域全体が大手の下請けであり、アスベストを手でほぐして綿などと混ぜ合わせる混綿など、粉じんが大量に発生するもっとも危険な作業を、従業員が十人足らずの零細企業が受け持っていたということになります。

被害住民に最高四千六百万円の支払いを決めたクボタの従業員が手厚い補償を受けているのに対して、下請けで働いて石綿肺を患《わずら》った人々は、アスベスト新法の三百万円の給付額からも対象外とされているのです。

昨日の公判では、アスベスト(白石綿)の危険性と被害の実態を戦前から国は知っていた、という訴えが原告側からありました。

東京の国会図書館に日参して、その証拠となる調査資料を発掘したという大阪じん肺アスベスト弁護団が提出した資料によれば、もっとも古い調査は、旧内務省保険院によって戦前の一九三七年~四〇年にかけて実施されています。

泉南を中心とした十四の工場で働く六百五十人を対象とした調査では、二百五十一名がＸ線検査を受診しましたが、その結果は、実に八十人(約三十二パーセント)が「石綿肺」または「石綿肺の疑い」の診断を受けたと記録されています。その最終報告書では、「防塵《ぼうじん》設備は大部分に於《お》いて考慮が払はれて居《お》らぬ現状である」として、アスベスト工場は、「衛生上有害に属するを以《もっ》て特に法規的取締りを要する」と国に粉じん対策を進める必要性を訴えていました。

戦後も、泉南では、周辺住民を含めた健康調査が国立療養所の医師らや保健所によって何度も実施されては、住民の健康被害に気を付けるよう呼びかけられましたが、住民には届きませんでした。

一九四七年に公布された労働基準法などで、工場に集じん機能を持つ換気設備の設置が義務づけられたものの、設置基準などにあいまいな点が多く、粉じんを屋外にそのまま吹き出すという公然とした違反も放置されたようです。中には、隣に幼稚園があった工場もありました。

ぼくが電気工事の現場で、防じんマスクを使用するように国が法律で定めていたにもかかわらず、現場では現場監督からの指導もなく、少しも守られていなかったのと同じだと思いました。

そして、地元の市民団体と弁護団が二〇〇五年十一月に、石綿による健康被害に詳しい医師らの協力を得て、健康診断を実施した結果、地元の石綿工場元従業員や工場周辺住民ら九十九名が受診し、うち八十三名がX線検査を受けた結果、何らかの異常が認められた人は、実に五十三名にものぼるという驚くべき事実が判明しました。病像別では「石綿肺及びその疑い」の診断を受けた人は四十二名で、「胸膜肥厚」または「胸膜肥厚斑《はん》及びその疑い」の診断を受けた人も二十八名。（この陳述終了後、大法廷は事実の重さに、一瞬静寂が襲ったようにぼくには感じられました）

ちなみに国は、提訴を受けた答弁書で、「それぞれの時代の医学的・技術的知見を踏まえて有効な法令を整備し、監督権限も行使してきた」と主張しています。

「石綿村」の風景

大阪市中心部から、南海本線やJR阪和線で約一時間で、かつてアスベスト産業の一大拠点となった泉南市と阪南市のある泉南地域に着きます。

ぼくは南海本線で、右手に海に浮かぶ関西空港を眺めやってから入りました。泉南市の中心部に近い元石綿工場があった場所には、大阪への通勤圏で一戸建てが買えるとあってか、色とりどりの真新しい建売住宅がならんでいました。熊野《くまの》街道沿いには、熊野詣《もうで》のための宿駅だった面影のある古い家のたたずまいも見られます。

ともあれ、前日入手した、昔の石綿工場があった場所を示す地図を元に、めぐってみることにしました。

その多くは、すでに倒産、閉鎖などしており、廃墟《はいきょ》と化しているところも少なくありませんでした。工場の周囲のせいたかあわだち草が茂っている草むらに放置されているドラム缶に、アスベストが含まれている可能性がありそうな布や綿ごみが捨てられているところもありました。

残暑の中を歩いていると、人気はないのですが、どこからか、こちらを窺《うかが》っているような視線をたびたびぼくは感じました。

小高い山裾《やますそ》に立っている家々の庭に、ノウゼンカズラのあでやかなみかん色の花が咲いているのが目立ちます。周囲には、朝顔ほどの花がぽとりぽとりとこぼれています。

ずっと東京の大森・蒲田《かまた》の町工場で旋盤工をしながら、その町工場から見える日本の戦後の移ろいをルポや小説で著してきた作家に小関智弘《こせきともひろ》さんがいます。ぼくはずっと先達として尊敬しつつ愛読してきましたが、その小説『羽田浦地図』の中に出てくる登場人物の女性が語る、ノウゼンカズラについての話に忘れられないものがありました。

ノウゼンカズラはノウテンカズラともいうぐらいで、根っこを齧《かじ》るとだんだんと頭がいかれてしまうのだそうです。目のすわりがおかしくなって、そのうちにおかしな声を出したり、涎《よだれ》が出っぱなしになったり。

そして、戦時中や戦後の大変だった頃、ノウゼンカズラの根っこを食って、自分で自分を狂わしていった娘もいたというのです。自殺したんじゃ親不孝だからよ。そうやって、つらいことを忘れて生きたんだろうよ、と。

かつて、この泉南地域で最大手だった三好石綿工業(現三菱マテリアル建材)の旧工場裏には、農業灌漑《かんがい》用らしいため池がありました。

その池には、貧しい家庭から出稼ぎに来てアスベスト工場で働く若い女性が、肺を患っても故郷に帰れず、前途を悲観して身投げを繰り返すということが、わかっているだけでも七度あったそうです。

今の世にも、戦争とは違った形での悲劇は存在しています。そして、知らず知らずに、ノウゼンカズラの根を齧りながら生きているようなことになってはいまいか、とぼくはその花を見ながら考えさせられました。

そして、家々の背後の向こうの山には、巨大な建物が見えました。きくと、「ほんみち」という宗教団体の建物だということでした。

「泉南地域の石綿被害と市民の会」柚岡一禎《ゆおかかずよし》代表世話人の話

ひとめぐりした後、昨日の公判でお目にかかった柚岡一禎さん(64)に、事務所で話を聞きました。

柚岡氏自身も、石綿工場を営んでいた祖父と祖母を石綿肺で亡《な》くしています。クボタショックがきっかけとなって、泉南でも多くの被害が出ているはずだと思った有志が立ち上がって周辺住民や元従業員による緊急集会を開いたのがはじまりだということです。

――泉南地域は大阪でも特に貧しかったので、貴重な産業だったアスベスト工場を否定することはタブーに近く、これまで声を挙げられなかったという事情が、ぼくにも次第に飲み込めてきました。また、アスベスト産業界にとっては、そうした土壌が好都合だったのでしょうね。

「泉南では、もうともかく、被害のことはこれまで全く意識にのぼっていなかったですね」

――初めて知りました。こんなことあったんだなと。それだけ石綿に依存したという事態があること自体が驚きでした。

「実は初めて来た人によく聞かれるんです。『柚岡さん、あんたどうでしたか』みたいなやつをね。それに対して、ごっつい答えを僕は戸惑う。我々どっぷりこの泉南につかっていた人間なんですね、六十年間、生まれて育った。

それで、クボタの例の六月二十九日でしたか、そのときに、クボタの話がちょっと新聞に出た。そのとき、我々の気持ちゆうたら、泉南にはそんなことといっぱいあったよと。あ、それなら尼崎もそうだったのというふうな感覚ですね。つまり、このあたりでは石綿被害というのはたくさんあって、我々はそれを取り立てて言うほどのことでもないというような……」

――ぼくも、クボタショックのときには、正直「何をいまさら」という思いが拭《ぬぐ》えなかったんですが。それともちがって、不思議な感覚ですね。

「麻痺《まひ》している、というような言葉は結構便利なんですが、そうでもない。何とも言えない……」

――でも、御存じだったことは間違いないですよね。何だかよくわからないけれども、こういうことが起こっているという。

「そうなんです、私とこは栄屋石綿と並ぶ石綿業者のはしりなんですよ、私のじいさんが。それで、たくさん被害者がおって、周りでもじいさんの工場で働いて身体《からだ》を悪くした人はたくさんおって、皆死んだよという、そういうことはずっと聞いてきたんですね。

それは、仕事して皆それによってお金を得て生活をしてきた。一種の職業病。運転手が車でよく事故を、ほかの人よりも事故を起こしやすい、事故の率が大きい。それで死ぬ人も多いですね。そういう感覚なんです。

鈍感だったんちゃうかというのは、確かに思いますね。思うんだけれども、まあ普通の風景やったということはずっと、自分の意識の中にもありましたですね。石綿工場がたくさんあって、我々子供のときから『あの家は肺病持ちや』とかね。一家が石綿に関係して、おやじさんが死んで、奥さんも死んで、子供も皆死に絶える、そんな話はそのころ大いにあったですね」

――従業員の方に、普通にそういうふうなことが起こっていたという。

「はい。それは仕事もない泉南の地域、まあ、大体農業ですね。山と海が非常に接近していまして、耕地が少ない。瀬戸内海の一番端に位置しますから、雨が非常に少ないというようなこともあって。でも米は昔からようとれたんです。畑作が多くて、灌漑施設ができるまではそれもあかんかった。ため池が非常に点々としていますね。そういう工業というのは、非常におくれた地域だったですね。工業というのは、結局そこで仕事をしたら現金収入を得るということですよね。そういうのが本当になくて、石綿工場ができて、そこで働かせていただけるというのはありがたいという意識だったんです。だから、『会社の悪口言わんといてね』というようなことは、田舎の泉南では多かったですね。

そういう職場を提供していただいて……。石綿というのは技術も何も要らないんですよ。そこに行って時間かけたら、こういう粗雑な糸ですから。本当にボロボロの糸なんです。それは、装置があって働き手の手があればできたんですね。技術も何も要らなかった。だから、そういう職場を提供されただけで、皆感謝しているというような状況がずっとあったですね」

――もともとは国から奨励されて始まったんですね。

「はい、それは軍需産業の一環だったですからね。古い人に聞いたら、貴重なものですから横流しされんように、また異物を入れて目方を増量されんように、憲兵隊が工場ごとに着剣して立っていたというような話は聞いたことがあるんですよ」

――非常に貴重なものだという意識はもうあったわけですね。

「船ですね。船の機関部分に、発熱しますから、そこに仕切り、こんな分厚い石綿布を垂れ下げて、ここで火が出ても外に行かんようにするんです。それとか、パイプを石綿布で巻いていくというようなことで、大量の石綿が使われてきますね」

――前に横須賀を取材しましたけれど、横須賀は造船の町なので、やはりアスベストの被害も多いんです。恐らくここでつくられたりしたものが横須賀に行って、向こうで機関室とかにいっぱい使われたと思うんですけども。

そもそも、この場所が選ばれたというのは、何か由来のようなものがあるんですか。

「それは、郷土史家がいろいろ調べていて、幾つか条件があったと言われているんですね。たまたまここへ遊びに来た栄屋誠貴というのが、これは石綿ええなということでやり出したと言われているんですけども、条件はやっぱりありましたですね。一つは、動力に恵まれていた、池からたくさんの水路が割と発達していますね」

――水車で。

「そうなんです。動力でそれを使えたということが一つ。それから一番大きいのは、やっぱりこの辺で石綿紡織業の基盤があったということで、産業基盤があったんですよ。つまり、この辺は和泉《いずみ》木綿という綿花ですね。天正年間から植えていて、それを農作業用の分厚い生地にして、もんぺ、もんぺと言うたんですけども、紋羽事業ですね。足袋の裏地とか、ポッと着る農民の着物にそれをつくる産業が割と海側で頻繁に行われていまして、それが江戸時代にはもう換金できる、貴重な現金収入の道であったわけです、農民の。

その綿花から綿糸をつくる、綿糸から綿布をつくるわけですね。綿糸をつくる糸つくりの工程が、石綿紡織、紡糸のために利用できたということです。つまり、綿布のこんな糸と石綿布はよく似ている、綿糸ができるんだったら石綿糸もできるんちゃうかゆうて、それでそこに目をつけて、石綿の糸づくりが始まった」

――需要はすごかったようですね。

「一気にふえましてね。それで艦載機を贈るぐらいのもうけ方をしたんですよ。それが、戦争のためにパタンととまった。それはそうですよね。石綿の原石がもう入らなくなりますからね。とまって、もうアウト。私ところはそれで終わってしまったんですけれども、その後また今度は産業構造が変わって、民需がずっと入ってきましてね。そのとき、やっぱり石綿需要が一気にまた盛り上がった。

本当は高度成長期が最盛期、一番工場数も多かったですね。だけど十二、三年前ですか、もういよいよ石綿の規制が厳しくなって、ヨーロッパではほとんど危険だからってやめるということがＩＬＯやＷＨＯで勧告されましたしね。一九七〇年ぐらいからは、もう衰退に入っていくんですけども、泉南の紡織業は、平成の七、八年までは石綿やっていますからね。一九七五年ぐらいから、石綿にはいろいろ規制がかかってきて、セメント、スレートとかああいうものは規制がかかったけども、紡織産業の方の規制というのは余りかかっていないから」

——白石綿だったこともあるでしょうね。そういう石綿糸や石綿布が、今度は機械の部品になったりした。

「ちょうど十年ほど前には、アスベスト百パーセントというものは、やめましたですね。同じ機械を使ってガラス繊維をかけたりいろいろして、素材を変えて、石綿業とも呼べないですね。二〇〇五年に、最後まで残っていた栄屋石綿ほか一社がやっと終わった。機械も皆放出しましてね」

——泉南に、石綿産業が最後まで残ったという理由はなんだと思われますか？

「結局、ここではできたから、ということじゃないかと思いますね。つまり、ほかは都市化していって、市民運動とか労働運動も結構あったし、所得水準もずっと上がっていくんですね。ところが泉南だけは、こんなに大阪圏に近いのにそういう恩恵に与《あずか》れんと、ずっと繊維の町できたんですね。石綿が最初やった、戦前、戦後もね。それをもとに、綿紡績でしょう、化繊紡績、カートという糸、それから毛布の糸、私とこはそこへかわって十年前までやっていました。

綿紡績、和泉佐野のタオル、タオル生地づくりですね。和泉紡績やったらセーターね。そういうところへ皆、もともとは石綿業の仕事をしていた人……もちろんその人たちだけじゃないんですよ。そうじゃないですが、石綿業をやっていた人たちがどんどん移っていったということです。だけれども繊維ですから、そんなにもうけていないんですよ、みんな。私も含めて、本当に大体はもう倒産、最後に解散というひどい目に遭いました。

急激に衰退したのは、やっぱり中国、パキスタンの輸入物に押されましてだめになりましたけれども、もとはといえばみんな石綿です。繊維業、長時間労働の低賃金。付加価値がない、こんなの幾らやってても余りもうからないんですわ、仕事でね。人に踏まれるようなのはあかんでとか言って笑ったんですけどね。大体そんな産業がずっと大阪南部、特に泉南、阪南が多かったですね。

だけど、そこからよう転換せんかったです、みんな。農業も中途半端《はんぱ》なんですね。結構住宅地として逃げ込んでいって、大阪市内に通う人の住宅地としてずっと広がって、住宅がたくさん建ちました。都市農業で生きるというようなこともうまくいかなかったんちゃうの。それで空港ができるとき、喜んだんですわ、関西新空港。これで南が挽回《ばんかい》すると言うたけども、それもあまり期待できなくなってしもうて。

だから、この石綿を許した、石綿が続いた、始まりはともかく、それを長いこと百年にわたって維持してきたのは、やっぱり近代的な産業がなかなか育たなかったということ。そこで、自覚した市民があらわれにくい土地柄だったんでね。保守的なね」

――マイナスの面を取り上げるためには、ある程度反対のプラスの面も取り上げた方が説得力があると思って聞くんですけれども、例えばさっきの戦争中に飛行機を贈ったこととか、機械がガチャンと動く度に儲《もう》かるのでガチャマン景気といわれたという最盛期のときの、かろうじて光の部分というか、そのあたりのお話も少しはお聞きしたいなと思うんですけれども。

「やっぱり人手不足と言われる、石綿でもそうでしたね。こんなしんどい仕事する人は、やっぱりだんだん少なくなっていったんです。もう取り合いやったですね。

というのは、先ほど言った綿紡績では特殊紡績、よく似た規模の小さい工場がありましたからね。そこらとの人の取り合いやったですからね。石綿に関して言えば、大体給料はよかったんですよ。まず労働時間が短いんですよ。この辺の中小紡の実働時間といったら、十一時間半。それが二交代したんですね。男の場合は三十分休憩で。女の人で、九時間。朝七時、八時に出てから六時ぐらいまでですからね。そのときに、石綿はきっちり八時間ですから。時間給で言えば一・五倍ぐらい違いますね。

だから、あんな汚い石綿でどうもぐあいが悪い、経験で石綿は身体《からだ》に悪いというのは皆知っていますからね。知りながらそれに行ったというのは、それにつられて行ったということがありますね。それから、昨日の原告の岡田さんとこやったら、子供。機械の回転緩いでしょう。半分から二分の一、三分の一ぐらいですから。同じ機械なんですよ。基本的に糸づくりというのは皆一緒ですからね。でも回転数が全然違います。その分静かで、音も小さかったら人間気持ちゆったりしますよ。そういうことは、石綿の場合の一つの魅力だった。だから機械の回転緩いから、子供もはしゃぎ回っても、そんなに危なくないというような」

――昨日の意見陳述でも、工場の人が、子供連れてきてみたらと言う。それでも働いてくれという。そして子供は籠《かご》に入れられて、という話がありました。

「ですから、岡田陽子さんは、生まれたての赤ん坊のときから、泣いたら抱っこされたり、機嫌がいいときはそこに寝かされていた、籠の中に。赤ちゃんのときから。

中小の小さな繊維会社は、東レとか東洋紡とかあんなのと全然違うんですわ。基本的には彼らの下請けです。東レがつくる紡績繊維を糸にして、また東レの関係の商社へ売るような仕事ですね。全部そこで利益とられてしまって。そこには、中小紡はくず綿というような、原料メーカーがロットの切りかえごとに発生する膨大なくず原料しか残っていません。それもやっぱり捨てないで、泉南と岡崎も、そこにまた何かごまかしして製品になっていくわけですね。それらはやっぱりくず綿ですから、ほこりがえらいんですわ。それの処理地やったんです」

——軍手を作っている綿工場を見学させて頂いて、本当にそうだと実感しました。それに石綿もではすさまじい光景だったでしょうね。

「それと、私はそういう業者ですからその辺を割とよくわかっているんですが、だから石綿でないところもほこりをかぶって、汚い格好でいてるわけ。ところが石綿の場合は、そこへもっとほこりがえらいんですね。頭なんか真っ白、鼻なんかからみんな。父さん朝行ったら、夕方帰ってきますと、お母さんもそう。汚い仕事でしょう。みんな泉南の住民の意識が、石綿だけは仕事に行ったらあかん。ある人が言うには、この辺で余り仕事せんと、ぬたぬたしている者いるでしょう。『おまえら、石綿の工場へ働きに行かすぞ』と言った。それが恫喝《どうかつ》、親のね。そんなんです。だから、全体に石綿という産業が、差別されていましたよね。我々の中でもあった。同業者の中でも、石綿というのは一格も二格も下というのがあったですね。

で胸を患《わずら》うやつが多いぞというようなことがあって余計でしたね。そこから皆はい上がろうとしたんですわ、石綿業者は。ところがはい上がれんと、最後バタバタ倒れていったんですね。

ところが、ドタバタ死なんかったというのも事実なんですよ。それは、やる素材が白石綿という、比較的やわらかくて毒性が低いものだったんですね。そこは青石綿が土管などの建材に使われたクボタらの場合とちょっと違う。それがややちょっと救いゆうたら救いでしょうね。だけども、まあ、皆このごろ言うんですよ。中皮腫《ちゅうひしゅ》やったらドバーッとすぐ死んでしまう。あれ半年ぐらいで死ぬ人が多いですよね。石綿肺はヒーヒー言いながら十年、二十年、三十年て生きるでしょう」

――まさしく、真綿で首を絞められているんだというふうに思いました。

「これがつらいんですね。だけど、戦前、戦後、昭和三十年代ぐらいまでは、集塵《しゅうじん》装置というのが本当にお粗末な、換気扇、扇風機で外に放り出していた。今日、栄屋の集塵機を見ましたか」

――はい、裏から。

「あれ、二千万円ぐらいかけてやるんですよ。機械屋にみんなもうけられたなって彼らは言うてました。それを通産省とか労基局の指導でつけたのが、昭和四十年。あれをつけたら、電気代の半分はあれに行ってしまうというんですよ。

それでも、石綿を大量に吸い込むことがなくなったんです。だから、これもほんまに推測なんですけど、それからはすぐ死ぬ人は少なかったんちゃうか。僕らは子供のころ、もう三十歳、四十歳で死んで、あそこも死んだというようなのはありましたけども。それからは、医療も発展したからでしょうかね、どんどん早死にするというのは、僕の記憶では余りなかったなあ。集塵機がやっぱりいいものになってからは、かなりそのリスクは軽減されたのじゃないかと思うとるんですけどね。そやけども、一時に曝露《ばくろ》しなくて、長い間勤めている人は、吸い込んだ総体の量というのは多いわけですから、石綿を吸い込んだ彼らが今になってごっつい苦しいらしい、あの石綿肺。怒るのは、もう石綿肺を今度の新法の救済対象に入れてくれ、いまだに二つ、中皮腫か石綿がんで死なんとあかんという」

――まったくそうですね。

「僕らもいろいろ今一緒に運動をやるようになって、こんなことになってもうたという話を聞いて、ずっとみんなで議論しててわかってきたことは、結局一番貧しい者が石綿やっとるんですよ。階層的にも非常に低い、教育的にも全くそういう訓練されてなかった。低所得層の、まあ下層ですね、今言うはやりの下層。それが経営者もそうですし、働く者もそうなんですよ。

そんなところで働かなくても何とか仕事、少なくとも戦後の一九六〇年、七〇年ごろからはあったわけでしょう。それをずっとやってきたというのは、結局何もわからないで、岡田さんのお母さんが、『私は手に技術も何もないのに、ようあんな仕事くれて感謝してました』という言葉に代表されるような意識なんですよね。知識がなくて、学校で職業訓練を別に受けてない人でも、きょう行ったらあしたから仕事できる。経営者も、最初言うたように、この糸をつくることはそんなに難しくないです。汚れること、しんどいことを覚悟したら、技術も何も要らないですね。機械を置いたらできます。装置産業と言えば格好はいいんですけれども、そういうボロ機械でできる仕事。

だから、割に合う仕事につけん人が石綿やったと言っても、余り誇張じゃないと思います。そのことと、在日朝鮮人が非常に多いということが一致するんですよね。いろいろ聞かれているかと思いますけれども、これは僕が朝鮮人、朝鮮部落とかいうのは普通やと思うんです。何でここに来たんやろうね。結局、戦前たくさん連れてこられた人が定着してしもうて、どこも行かんと石綿があるゆうて、石綿の仕事についてとりあえず生きてきたんや、彼らは。同和の人間らも働ける場所やった」

——差別されないと言えば差別されない職場だったわけですね。

「たくさんおったから。仕事に入りやすいんですよ、逆に言えば」

——いろんなそういうものがある土地なんだなという感じは、歩いてみて感じました。

「そのころの話、余り皆きちんと弁護士さんも聞きへんみたいなところがある。我々普通におったからな。

またちょっと、ほこりかぶってたアルバムを引っ張り出してきているんですよね。これ、昭和十四年に、私のおじいさんがここにおりましてね、私のおじがここに写ってます。この後、徴用されて戦争に行っておるんです。この写真に写っている人の名前を明らかにしたろう思って調べていったんですよ。するとね、朝鮮人がいっぱいいるんですよ。オンマ、オンマと言われてたおばさんやとか、金何とかとか文何とかとかずっと見ていったらおる。それと、このおじが出征して橿原《かしはら》神宮で何か改まってやってますね、これ。ここもよう見ましたら、チョゴリ着て正装した従業員が皆一緒に送っていっている。そんなのが出てきまして。

こういうことを見ていて、朝鮮人が非常に多いなと思ったんです。戦後、彼ら、この写真の六年後に終戦を迎えるでしょう、やっぱりずっと泉南に住みつくんですわ、この方らね。そして石綿業に従事した人がかなりおっただろうと思うんですが、経営者でしょう。この中から経営者が出たということは、ちょっとまだ我々はつかめてないんですけど、在日朝鮮人が起業するんです。戦後つぶれてしまうんです、石綿業。

外国から原石が入ってこなくてつぶれてきます。戦後のもう一度起こっていくときに、経営主体がこの在日になった。

従来の戦前から戦中、戦後すぐにかけてまでやった旧石綿村というのは泉南市にあったんです。新石綿村いうのは戦後なんですね。阪南市のちょっと人家から離れたところ、そこらあたりに起業したんですね。その新石綿村が、日本の石綿業ではもちろん主流になっていくんですが、ここの出身者です、今どんどん出て来ている被害者は。

原告の青木さんって八十三歳の人で、きのう酸素マスクされながら、後半いすに座ってはったけど、この人は七歳か八歳のときに全羅南道から父親に連れられてね。山口で炭焼きをやってましたんや。戦後の昭和二十五年ぐらいに、炭焼きがあかんようになって、自分の知り合いの同郷出身の朝鮮人に紹介されて泉南に来たんですね。

我々五月の梅雨のときに、事実確認せんとあかんから言うて、青木さんを泉南へ来てくれいうて呼びまして、どこまで本当か調べよう思うて、ずっと車で回ったんですわ。何年働いてたんや。四〜五年。記憶がもうはっきりせん。仕事してたこともわからなくなって、首傾《かし》げて、町が変わってしまっているからわからない。無理ないですよね。線路の、大きな木が生えてたとこ、そんなあいまいな記憶なんです。行ってみたときは、一遍ではまずわからへんかった。

それで、帰ってきて友達がおるからというんで、友達のところへ行って、その友達に来てもろうてから行って、現場がわかった。大きな木があって思い出した言うて。線路際《ぎわ》に何か枯れかけたやつがあって、そこのトタン屋根の小さな工場でね。

それが、どういう仕事の内容かと聞いても、我々がいわゆる石綿紡織業として認識しているのと大分違うんですわ。つまり綿から糸、糸から布という、そういう工程、機械が五工程ぐらいありますが、それと話が違うんですね。どう違うかといいますと、彼がやったのは、そんなのはなかった。要するにかきまぜてたと。日雇いで小屋みたいな中へ在日の親方が、きょうはここやと言うてトラックの後ろへ、あのころこれでしたね、オート三輪、バタコと言う、この辺では。そこへ乗せられて、きょうはここ、あしたはここと、仕事行かされた。そんな毎日変わるん違うよ。あれ、機械が大きいから。何かと間違ってるよ、あんたのいう話から、よう聞いてみたら、各石綿工場に集塵機で集めたり下に落ちたくずですね、オチ、オチと言う。オチをかき集めてきて、それをどこかで借りた小屋みたいなところへあけて、ダチって金具なんかいっぱい入っとるんや、釘《くぎ》とかあんなもん。それを選別する、そんな作業です。

オチ綿の中へまじっている金具、釘とか、そんなものを選別するんですよね。選別して、もう一回それを原料として袋に詰めて、また紡績に売る仕事。普通のいい綿でもほこりが、こんなにあるのに、一メートル離れた人の顔わからなかったと言うんです。部屋も窓も何もないところですから。だから暗いんです。暗い中でそのほこりもうもうですから。『汚れるちゅうようなもん、違うから』と彼が言うんです。あの仕事してて……、もう唖然《あぜん》としてしまいましてね。そんな仕事、あんた毎日してたんか言うたら、実はその仕事は余りないというんですわ。その日朝集められて、おまえなんぼと言うてくれるんですって、帰りに。その現金がありがたくて行ったというんですね。それは月に四回か五回といったくらい。そんなに仕事なかったんです、彼らは。ごっつい現金やとありがたくて、あとはその男里《おのさと》川の河口の石を上げたり、土方仕事をやっとったって言うてました。

あの人、石綿肺、今苦しんでいるけど、長いこと出なかったというのは、週に一遍ぐらいしか行ってなかったからです、あれは。あれがずっと普通の彼らみたいに毎日仕事してたら、とっくに死んでましたから、八十まで生きてない。これは、あきらめて泉南離れて、四〜五年やったんや。それも日数そんな短いでしょう。だから、記憶も何もごっつう薄れているの無理ないんですよ。短い時間に転々としている」

――その後、この土地では何か産業はおこっているんですか。

「ここですか。紡績がだめになったですね。石綿じゃなくて、繊維の町だって、我々同業者八十社ぐらいで組合つくってたんですけど、二年前解散しました。最後に現業社、六社になりましたわ」

――組合として成り立たなくなっちゃったんですね。

「そうですね。組合費も払えない。それで転換がうまくできてなくて、私とこはあんなして倉庫にして、上海《シャンハイ》からの輸入業者に借りてもらったりね、あんなして使っていますけど。普通は売却して住居になったやつが多いですね。駐車場、パチンコ屋、異常に多いと思わへん？　新しい地場産業やと今いうてる」

――パチンコ屋は多いと思いましたね。あと、何か宗教団体がありましたね。山の上に大きな建物があって。

「ほんみちって言う、天理教の分かれやという話やけどね。二十日間は御報謝で、あとの十日間で自分らの家族の生活をまかなわないかんから、十日間働きに出た。この地域で。遠いところいかれへんし。一番行くのがその当時は石綿工場。工場は常に人手不足の状態でしたからね。一週間、一ヶ月という短期間に働く人材供給場所だったんです、ほんみちが」

――そこまでつながりがあったとは思わなかったです。ただ単にあれは何だろうとおもったんですが……。

「宗教の信者、同和、在日朝鮮……。しんどい立場に追いやられた人が石綿の仕事に追いやられて来た……。だから石綿のことを突き詰めていったらいろんなことがわかってきて、それが驚きやったですね。ただ単に石綿業があって病気になった。それをだから国にあれする、責任にするんだということ以上にね」

――そうですね。

「無知ほど恐《こわ》いことはないとだれかに言われまして、それはそうなんやと思ったですけども……」

高度成長の暗部

泉南地域にいてぼくは、自分が生まれ育った高度成長時代の初期の頃の風景を思い出していました。

ぼくが生まれ育ったのは、仙台市内でも、近くに鯨からゼラチンをつくる化学工場などがあって鯨の異臭が常にただよっているような下町の雰囲気のある場所でした。しかし、その後、バブルの頃から工場もほとんどなくなり、住宅地へと変わっていったのですが、泉南地域はバブルどころか高度成長からも取り残されてしまっている土地のように感じました。関西空港に近い臨海の公園も、さびれているようでした。

二〇〇五年に、『ＡＬＷＡＹＳ　三丁目の夕日』という、東京タワーができた昭和三十三年を描いた映画がヒットしました。ぼくはその原作となった『三丁目の夕日』という漫画も楽しく読んでいるのですが、正直の所映画を観《み》終わって、戦後復興から高度成長の初期にかけてのあの時代をノスタルジー、郷愁としてだけとらえるのでいいのだろうか、という感想をいだきました。そこには、もっと苦しさや悲惨さがあったわけで、そこからはい上がるのに大変な思いをした人たちがいた。そのことを泉南地域の人々は知らせているように思いました。

ぼくが小さいころから、高校、二十歳ぐらいのころまでは、世の中にはストライキというものがしょっちゅうあって、国鉄のストライキがあれば少々交通が不便だけれども、しかしその不便さをおぼえても、労働者の権利を守るためには、まあ仕方がないじゃないか、という思いが、まだ少しは世の中にあったように思います。

工場の労働者や建設業の職人というものは、これまでずっといたのだけれども、しかしいつからか日本の社会はそういう存在を忘れようとしているか、〝透明人間〟のように見ないようにしてきたというところがあるのではないか、といまぼくは思います。

石綿肺に対する補償は、その犠牲の上に日本の高度成長が成り立っていたものだとすれば、〝高度成長補償〟のような意味からも必要なのではないでしょうか。

ぼくは、あえて小説を書くために、金がいいからということや、親や世間が避けていた世界に触れてみたいという思いから建設労働者になったわけですから、自分の場合は自業自得《じごうじとく》であり、ある意味では、自分の身体《からだ》を使ってそうやって書けるかどうか自分自身で人体実験したようなものです。

けれども、アスベストの工場労働者や、ほかの大多数の建設労働者の人たちにとっては、この国が戦前からアスベストの被害を把握し、一九七五年の段階では将来にアスベストの被害がひろがる可能性を知りながら、できもしない管理使用をすることを決めたということは(元労働省の役人はテレビのインタビューで、アスベストの害は、薬の副作用のようなものだと認識していたと語っていましたが、薬害スモンや薬害エイズ、薬害肝炎で苦しんでいる人々のことをどう思っているのでしょうか)、国によってアスベスト禍の人体実験をされたといえるのではないでしょうか。

＊石綿肺についての補償は、石綿健康被害救済制度の指定疾病が平成二十二年七月一日より追加され、中皮腫・石綿による肺がんに加え、著しい呼吸機能障害を伴う石綿肺、著しい呼吸機能障害を伴うびまん性胸膜肥厚が指定疾病に追加されました。

第９章　どこにでもある不滅の物質

廃墟《はいきょ》から飛散してゆく……

その後、二〇〇六年十月十二日に、石綿国賠訴訟でさらに泉南地域の九人が、二次訴訟をしたという報を受けて、もう一度ぼくは大阪を訪ねました。

一次提訴の動きを知って今回原告に加わった湖山幸子さん(64)は、夫の寿啓さんと一緒に約三十年間にわたって石綿工場で働き、寿啓さんは十七年前に肺がんのため五十三歳で死亡し、幸子さんも頻繁に咳《せ》き込むなどの症状に苦しんでいるといいます。会見で湖山さんは「本当に命がけで今まで生きてきた状態なんです。命を削って働いた人を救済するよう国に訴えていきたい」と話していました。

その席でぼくは、柚岡さんと再会し、泉南市にあったアスベスト工場跡が、宗教団体によって買い取られることになったことを知らされました。

また、中国から来ている留学生も紹介されました。彼女は、京都の大学院で公害政策について学んでいるということでした。現在中国では北京《ペキン》オリンピックに向けて高層ビルの建設ラッシュが進み、白石綿は安全であるとして広く使われていることにぼくが懸念《けねん》を示すと、彼女も、自分もそれを心配しているんです、と流暢《りゅうちょう》な日本語で同意しました。（ぼくが初めて中国を訪れた一九九二年に、宿泊したホテルの部屋の分電盤がうなっているので蓋《ふた》を開けてみると、そこにはアスベストが吹き付けられていました）

その前日に、ぼくは新幹線を名古屋で途中下車して、電車で西へ三十分ほど行ったところにある愛知県の稲沢市に立ち寄りました。そこには、かつて二百四十レーンという東洋一のレーン数を誇るボウリング場があったのですが、郊外に建てられた巨大過ぎた建物は経営難を招き倒産。その後、建物の老朽化はどんどん進み、ガラスも割れ、天井も落ち、現在では巨大廃墟となっています。そして一九七〇年頃に建てられたのでアスベストが多く使用されており、その飛散が心配されているというのです。

案内してくれた人の車から、何の変哲もない田舎町の光景だと眺めていると、突然田んぼの向こうに、巨大な軍艦があらわれました。それが、廃墟と化したボウリング場でした。

見ると、窓ガラスも屋根も割れていて、外から見てもアスベストか岩綿（ロックウール)らしいものが吹き付けてあるのが見える状態で、梁《はり》に吹き付けてあったものがはがれ落ちていたり、まだついているものは垂れているようなありさまでした。市の方は、アスベストであるということは目視できないというふうに言っていたそうですが、市民が調査を依頼したところ茶石綿が二十七パーセントに白石綿も含有していることがわかったということでした。

そこは、ずっと子供たちの遊び場になっていて、夏休みには廃墟ブームということで、若者たちがテントを持ってきて寝泊りするようなこともあったそうです。

風が吹いたら、ちょっと川を挟んだところにある新築の建売住宅がずらっと並んでいる住宅地へのアスベストの飛散が心配されることが誰の目にもあきらかです。これから何十年後かに、その子供たちが、また第二、第三のクボタのように騒がれることにならなければよいが、と懸念させられました。

この建物は、火災を起こしたホテルニュージャパンの社長であった故横井英樹《ひでき》氏が経営していたボウリング場で、一九七〇年頃にオープンしました。しかし、ボウリングブームが去った頃から建物の老朽化はどんどん進み、横井英樹氏が破産したことで、整理回収機構などの手に渡っているともいわれていますが、建物の管理責任は誰にあるのか、どこへ相談をしたらよいのか、地元住民はわからず大きな悩みの種になっています。

地方にいけば、廃業したボウリング場、モーテル、ラブホテル、工場などでいくらでも見かけられます。このような廃墟がこれから日本全国に増え、アスベスト飛散の危険がひろがることは確かでしょう。

アスベストの本質とは

このように、アスベスト被害は拡大していく一方ですが、アスベスト企業に長年勤めていて、アスベストのことを深く知り尽くしているNさんに、匿名《とくめい》を条件にインタビューすることができました。

どこにでもあるアスベストの危険について、まとめとしてこのインタビューを読んでいただけば納得していただけることでしょう。

Nさんとのインタビュー

——御経歴拝見させていただきました。アスベストの大手の会社に勤めておられたそうですね。

「日本で一番古い、一番大きなアスベストの会社なんです。学校を出てから、その会社に入って、正確に言うと私は高卒で入っていまして、明治の夜学に行きながらですので、社歴はもう少し古いんです。そのときに、吹き付けアスベストを行うトムレックス課という課があったんですよ。最初そこに営業ということで配属されました。営業と工事がありまして、工事部隊は工事部隊、私は営業で、一番最初の配属はそこだったんですね。

何で今こんなにアスベストにって思うと、実は最初の社内旅行で、熱海に行ったんですね。そのときに写真を撮っていた。十八人ぐらいの大きな課だったんです。私は三年前にその会社をリストラじゃなくて、ちょっと方針が違うから自分でやめたんですが、そのとき、まだ紅顔の美少年の私が写っているんですけども、そこに一緒に写っている人間のほとんどがアスベストで亡《な》くなっているんですよ。定年退職を迎えた人間は十八人いるうち一人ですよ。私もあと三年いればことし定年なんですけども。

途中でリストラでやめたのが三人ぐらいいますよ。私はずっとそのアスベストの吹き付け課をやっていたわけじゃなくて、社内のいろんな商品が開発されるたびにそっちの方に移っていった。ただ、社名から言っても、すべてアスベスト製品なんです。日本で最大のアスベスト会社ですよ。メーカーですよ。クボタのことを皆さんよくおっしゃられていますけど、クボタと比率が全然違うんです。三倍以上の死亡率だとか、関連会社を入れると五倍というところかなと思ってます。クボタばっかりが問題になっているけど、うちの会社の名前がそうやって出ないのが、この会社のうまさなんですけどね。

要するに、日本のアスベスト業界を引っ張っていったのがうちの会社だったんです。四十年近くいましたので、私はまだ今も愛社精神はあるんですけどね。ただ、時々その写真を見ると、ああ、みんな死んじゃったなあって感じがするんですよ。それで、会社では、かなり以前からアスベストの危険性は正確に認知してたんですよ」

——それは、どれぐらい前から？

「およそ三十年前からもう知っていたんですね。知っていたけども、私はその課にいながらですね、これほどかって思うのが、時々その写真を見て、ああ、ハマちゃんも死んじゃったなあ、ムラちゃんも死んじゃったなあとか、思ってたんですね。で、本当に真剣に何かやらなくちゃなと。会社も、もうアスベストが悪いことがわかっていたので、どんどんノンアスにかえていった。ノンアスというのは石綿が入っていない製品」

——代替品ですね。

「にかえていったんですが、社名まで変えたわけですね。もう今日のようになることがわかっていたんで。私は社団法人の日本石綿協会とかそういうのに、サラリーマンでなおかつ会社からの命令でそういうのに入っていたので認知はしていましたよ。しかし、ここまでというか、私ほど、周りに亡くなっている人がいっぱいいらっしゃるというのは、ちょっと、いないんじゃないかなと思うんです。

それで一番最初に何を言いたいのかというと、アスベストはこれほど危険なもんだよと。

佐伯さんは現実的に自分の身の回りに、例えば家族だとか身内だとか友達に、この病気になっている人はいないかもわからないんですけれども、実際上はだれでもがなる病気というか、疾病《しっぺい》原因がはっきりわかっているわけです。だから、これは早く警鐘を鳴らさなければいけないなということがあったんですけれども、私の所属している会社は、基本はアンチアスベストではないわけですよ。それが一つ。それと、私の所属している団体、社団法人日本石綿協会というのもアンチアスベストではないんです。アスベストの輸入量に応じて、輸入して各社が分配するんですけど、その分配量に応じて会費を払うというシステム、そういう社団法人が成り立っている。

それで、アスベストが危険であるというのはもう前からわかっていたんですけども、常にこの社団法人日本石綿協会は、通産省からの、つまり今で言う経産省からの天下りを専務理事として受け入れるわけです。輸入というのは経産省なんですね。それとは別に使ったアスベストが、いろんな、例えば建築物に使えば建築基準法、つまり国交省、昔の建設省の範囲だし、大気汚染防止法の環境省だとか、いろいろな所轄《しょかつ》官庁にいっぱい分かれている。そういうようなことで、この会社とかこの団体にいると、余りアンチという活動ができないなと。

以前から反アスベスト団体だとか何かは、私はよく知っていましたんで、それらのところに行ったりして、いろいろ教えたり、いろんなことをしていました。十年に一遍ぐらいアスベストの騒動の波があって、今三回目の波なんですけどね」

——ぼくは一九八七年の最初の学校パニックのときは、まだ東京で現場にいたんですよ。

「現場というのは、どういうような現場なんですか」

——ぼくは、東京の住宅供給公社のメンテナンスを一手に引き受けているところで、一手にといってもメンテナンスで零細なので、親方と僕一人、時々手伝いの者を頼むというような形で。八万世帯分ぐらいの公共住宅のメンテナンスをしていたんです。そこで細かな営繕修理であるとか、改修をしたりとかというのを毎日やっていました。新築なんていうのはほとんどなくて改修が多かったんです。一九六〇、七〇年代の建物が一九八〇年代になってちょっと傷《いた》んできて改修をするとか、電気室の照明が暗いんでもう少し明るく増設してくれとか。だから、それこそアスベストの壁とか天井にじかに配線をして照明をつけるとか、そういうのがかなり多かったんですね。電気室とかボイラー室とかエレベーター機械室とかでは、もう随分工事をしました。あとは吹き付けアスベストがある天井裏の配線ですね。それで、随分アスベストとは触れ合ってきたんですけどね。

一九八六年でしたか、ぼくは今四十七なんですけども、二十代後半から三十代ぐらいにかけて胸膜炎――昔は肋膜炎《ろくまくえん》といっていましたが――になって、それが原因不明だということだったんですよ。がんでもないし結核によるものでもウイルスによるものでもないということで。その当時、胸水がたまって胸膜炎なんだけども原因が不明ということでずっと変だなとは思っていたんですね。そのときぼくの高校時代の友人で医学部に行った者がおりまして、彼が、胸膜炎というのはアスベストの後遺症でも起こるっていうことを一九八七年の段階で教えてくれたんで、それからぼくは、毎年ちゃんと定期検診を受けるようにするとか、そういうことは心がけてやってたんです。

それで今年の初めに、この取材も兼ねて東京の海老原先生ですとか、横須賀の三浦先生といったアスベストの専門医のところに行って、やはりそれは、高濃度で曝露《ばくろ》した人には短期間でもあらわれて、二十年以内のアスベスト疾患では最も多い、アスベストによる胸膜炎だったんじゃないかな、といわれたんです。

「今現在、胸膜炎は」

——以前は何度か繰りかえしたんですが、今は胸膜炎は起こしてはいないです。そのかわりに気管支喘息《ぜんそく》がありますけれど。

「胸膜肥厚斑《はん》は」

——胸膜肥厚斑は、今のところ、レントゲン写真では、まだはっきりとは出てないですね。三年おきに受けているCTが来年なので、そろそろ二十五年になりますから覚悟はしていますけれど。（※著者註　翌年のCT検査で胸膜肥厚斑が確認された）

「ああそうですか。私はもうだめですよ」

——もう胸膜肥厚斑が……。

「そうですね。アスベストの病気が、三十年とか四十年とか後に出るっていうのは、間違いなく私自身はうそだと思っているんですよ」

——ええ。ぼくも実感しています。

「同期にHという者がいまして、私は営業の方。営業っていうのは、大成、鹿島《かじま》、清水という建設会社さんのところに行って吹き付けの仕事をいただいてくる。そうすると工事部が工事をやってくれる。時々営業は現場を見に行ったりなんかして、もちろん私はたくさん吸ってるんです。Hは工事部に配属された人間で、会社はずっと中央区の銀座のど真ん中にあったんです。一階が店舗で、二階から上が十階までが当社の社屋だったんですけれども、その二階に受付があって、そのHってやつは工事部なんだけれども、もうすぐに、何年ぐらいかな、五年、もっと前かな、階段を上がれなくなってきちゃったんですよ。それほど長い階段ではないんですけど。

もう三十年よりも、もっと前ですかね。そのころはアスベストというのは身体《からだ》に悪いと社内的にはわかってたんです。会社の中で具合の悪くなった人間は意外といっぱいいたんですよ。そのころ給料は手渡しだったもので、給料日に給料取りに来ればいいという。今も二千何百人もいるような非常に大きな会社ですのでね。そういうような処遇だったんです。あるとき、Hと営業から帰ってきたら会って、一階から上まで上がっていった。『おまえ、いいよな、給料日に給料もらいに来るだけでいいんだから』と言った覚えがあるんですよ。同期だから『おまえ』なんて言って。ところが、死んじゃったわけですよ、もう今からとっくの昔に。私は、あ、悪いことしたなとか、今になって忸怩《じくじ》たる思いがあるというか。

あるとき、そうですね、今から十五、六年ぐらい前かな、社員が次から次へ死んでいったんです。非常に不思議なことなんですけどね、土曜日、土曜日、一週あけて土曜日という死に方があったんですよ。私は香典を今まで幾ら払ったかわからないけどね。そのときに、お葬式に行って、上か何かでちょっと一杯か何か飲むときに、若気の冗談で、『先週の土曜日だったよな、ハマちゃんは』とかね、ちょうど一週間後だから。『これは週刊誌(死)だな』って、私冗談を言ったんですよ。でね、その自分の冗談に、自分自身が嫌になっちゃってるんですよ。だって、次は僕の番なんだから。そのころみんな、何人かは、もう葬式会場に来るのにも酸素ボンベをこう引っ張って。

私ももうじきなると、いま病院でそう言われているんです。

そういうことで、何か社会の役に立てることないかなと思ってたんですよ。アスベストを、アスベストの本質を本当にわかってもらいたいと思っていたんです。恐《こわ》いっていう本質と、それから今もう少しもっとねじれてきちゃってるんですけどね。知識を持っている人がどんどん死んでいっちゃう。高齢化のせいもあるし。ということで、何とかしなくちゃいけないなと、随分前から個人的には思っていた。こういう機会を待っていました」

石綿手帳でさえもらえない

「厚生労働省にも、要するにアスベストについての知識を持っている人はもういないということでですね、実際上、正直言うと、日本石綿協会とか、あるいはアスベスト企業には、本当にわかっているのはいないんです。もう毎日のように厚労省と、週に二回ぐらい、もう十数回ぐらいですかね、霞《かすみ》ヶ関《せき》まで行って、何をしたいかということで、例えば、佐伯さんみたいな方が何か肺の調子が悪いっていうことで病院に行くと。そうすると、アスベストによる疾患だとわかったときに聞く方の医者が、どこで吸ったのかがわからない。そうすると、あなたはどんな職業してましたかということになるわけです。それで、例えば患者の方が製缶工とか電気工とか、いろんな工を言ってもわからないです」

――そうですね、一般の医師は。

「去年のアスベスト騒動の後にドーッと労災申請が出た、救済新法とかいろいろ出てますけども。病院が、アスベスト科がある労災病院を含め、ほかも含めてですね、マニュアルをつくってほしいというんです。医者向けのマニュアル。アスベスト疾患の患者が来たときに、あなたはこういう仕事をやっていたことがありますかとかいうことで、医者のマニュアルとして見せましょうと」

――ああ、それはいいですね。先日ぼくのところにいただいた写真だと、全部ぼくも経験があることでした。バッテリー室の蓄電池の交換やら、こういう電気室での工事もやりましたしね。

「苦労しました。これは基本的には門外不出ということで、今現在医者にしか配布されないはずですよ。労災認定された、あるいは亡くなった方たちを追跡調査しようということになったのが、この最初の一本目なんです。それで、どんな職業があるかということで、すべて例えば電気工も含めて中皮腫《ちゅうひしゅ》で亡くなっているんです。はっきり因果関係がわかる中皮腫で亡くなっている方、という調査対象者が二千四百幾人いるんですよ、これ、実際にはもう一けた絶対違うはずですけども。

この方たちをどこかの職業分類に入れたいんですよ。日本産業分類法というのがありまして、大分類、中分類、小分類。私も今回いろいろ勉強しましたけども、そういうことで、佐伯さんが調子が悪いといって病院に来て、『あなた、胸膜プラークの可能性がありますよ』とか。そうすると、『労災認定、石綿手帳を発行しますから、あなたは前どんな職業をやってましたか』と。それから、『前やっていたその職業の方たちの同僚二名ぐらいの証明、あなたがやってた仕事を証明できますか』とかいう、ちょっとまだ砦《とりで》があるんですけれども、そういうことになってくる」

——前に、同じ労災病院に通院している方に話を聞くことがあったんですが、その方はゼネコンに勤務して、高層建築の現場監督をやっていたというんです。一九六〇年代、七〇年代。アメリカの９・11で倒壊したワールドトレードセンタービルを参考にして、日本でも霞が関ビルをはじめ、高層建築物を建てたそうですね。霞が関モジュールなどともいわれて。そこで耐火被覆の現場を体験して、去年胸膜肥厚斑と診断されたそうなんです。しかし、石綿手帳を発行してもらうだけでも、労働基準監督署の対応は冷たくて、何度も足を運んで、とても苦労なさったと聞いています。それに、現在のゼネコンの支店のトップがなかなか労災を認める判を捺《お》してくれないという。結局は、ＯＢから手を回してもらって社長に直談判《じかだんぱん》して判をもらったそうです。ほんとうは医療機関でアスベスト疾患だとされた時点で、補償されればいいと思うんですが。

「私もそういう例を聞いています。建設会社に行ってたんだけども、定年でやめちゃっているのですが、同僚二人の社員の方たちの証明をくださいって言うの、労災と認定されるために。だけど仕事の仲間たちが認めてくれないとだめだと。とんでもない話だということで、相談を受けていて、こうした方がいい、ああした方がいいと言ってるんですけども。治療費ぐらい認めてあげるべきです。国が悪いんだから。悪いことははっきりわかっているんだからもう違うだろうと思うんですよね。だから、形は薬害ＡＩＤＳの形と何か似てるなと」

――ほんとうにそうですね、それは。アスベスト新法による救済も新聞の報道では、受付開始から半年で、患者千百六十人が申請し、そのうち認定の可否を受けられないまま百七十人が亡《な》くなっているそうです。申請のうち認定されたのも約二割の二百四十二人にとどまっています。迅速な救済を図るという法律の趣旨が守られていないと感じますね。

優れた物質だからこそ

「ただ、要するにアスベストはとてもいいものなんです」

――ええ、それは。そういう意味では。

「栃木県の川治温泉に川治プリンスホテルっていうのがありまして、今から二十六年前に火災が起きたんです。プリンスホテルといっても西武系のプリンスじゃなくて、地元のあれで、いんちきな施主《せしゅ》だったためにアスベストの耐火被覆をけちった、やらなかったんです。それから地元の建築屋ですので、消防だとかみんな顔がきいちゃうんで、安上がりにつくった。それで火災が起きた。鉄骨は六百度で溶けちゃいますからね。火災のときは千二百度〜千三百度になりますので、もう鉄というのは火災に弱いんですよ。そのために耐火被覆やるわけです。先ほどの吹き付けを。これは物の見事に火災でひしゃげている」

——あれは、そういうこともあったんですか。

「ええ。日本では比較的早くアスベストが禁止になったので、ロックウールをまぜていた。ロックウールという岩の綿」

——岩綿ですね。

「よく御存じですね。これは、その辺に落っこっている石ころでも何でもいいから、温度をかけて、そうすると溶けるわけですね。縁日の綿飴《わたあめ》をつくるように、溶けたものを遠心分離機で空気中に放出すると繊維になる。それがロックウール繊維。岩の綿。ロックウール。それと、今度はガラス、岩よりもう少し溶融点が低い。二百八十度で溶ける。これも空気中に放出すると、急冷と言うんですけども繊維になる。これがガラス繊維、グラスウール、そういう言い方をします。だから、グラスウールとロックウールではロックウールの方が溶ける温度は高い。だからグラスウールは耐火被覆には使えないんです。ロックウールは使える。ぎりぎりで、厚みを厚くすれば。そういうことで、耐火被覆というのがあるわけですね」

――はい。グラスウールは、耐熱というよりも、防音防湿の目的で木造住宅などでも使われていますね。

「そういうことなんです。で、アスベストはいいものなんですよ。ともかくいいもんだと私は思う、物性的に。すべての、例えばこういう電磁的にも、電磁波も……」

――電気の場合ですと、絶縁にすぐれている。

「繊維にすると至るところで使えるわけです。ブレーキライニング。ゴムとアスベストをまぜた、クラッチだとかブレーキとか。鉄とアスベストをまぜた車両のブレーキ。車輪に押しつければいいわけです。アスベストがなければ鉄ですので、車輪が高熱で溶けちゃう。それがあるために、いいわけですね。もう一つは、車両そのものにも内側にアスベストが吹いてあるわけです。

問題なのは、これは車両基地なんですけども、古い写真ですが、この機関車を連結する機関区の操車係が亡くなっているんです。この方たちの作業は、路線を入れかえるだけ。車輪につかまって、こう旗を振ります。そういう方たちが作業中のアスベスト曝露《ばくろ》だけで亡くなるわけがないだろうというのが、私の意見なんです。

もう、人類は絶対にアスベストから逃げられないんですよ。この方たちは、労災認定では、操車場の中における車両等の交換時で曝露した、被曝したとされている。だけど私の意見は、そうじゃないですよと。操車係が休む部屋の中にアスベストがいっぱいあります。そこで煙草《たばこ》を吸ったり食事したり、寝起きしたり。夜勤明けとかありますからね。

これはガラス製品。そういうところのアスベストはどこにでもあるんです。どこにでもあるんです。そういうすごい写真を先ほどの医師のマニュアルで公開しようとしたら、みんな検閲というかですね、戦時検閲みたいにみんな削られましてね、頭に来ているんですけども。

あるいは不法投棄。これは時々山の中に捨てられているもの。どこどこってちょっと言えないんですけど。

これは、みんな亡くなった例を言っているんですよ。例えば電気工が扱うケーブルに何でアスベストのペーパーがあったかというと、やはり二十年ほど前に世田谷というところでですね、地下のケーブル火災事故というのがあったんです。これ有名な事故です」

――ええ、当時ぼくは世田谷で電気工事をしてましたので。

「あ、世田谷のケーブル火災事故って御存じですか」

――ええ、知ってます、知ってます。

「あのときから、絶縁体等とかですね……」

――HIVとか、そういう電線にかわりましたね。それから配管も耐熱の塩ビパイプに変わりました。

「そうですね。あれ、すごい大きなエポックなんですよ」

――あれを境に、火災に対する電気設備の設計がきびしくなりましたね。

「あと、どこまでも延焼しちゃうんで、途中で遮蔽板《しゃへいばん》というか、耐火板みたいなので、ケーブルホール、ケーブルラックっていうんですが、その中を」

――通すようになりました。

「中を通すとき、この目張りに石綿のパテをこう塗ると」

――はい、そうですね。

「詳しいですね。私がいつもお相手するというか説明する人なんかよりは少しは話しやすいですね。私が一番言いたい写真は、この写真なんです。天井裏を撮っている写真」

――ああ、エレベーター機械室はこうでしたね。

「機械室はこれなんですけども。これ、エレベーターのカーゴ、箱の中です。たとえばシンドラーのエレベーターだけでなく、どんなエレベーターでも、酸欠状態を防ぐために空気が入ってくるようになってるんです。これは、エレベーターシャフトの中の空気をかごの中に取り込んでいるんです」

──そうすると、アスベストはもちろんこの中に漂いますよね。

「これも削除されましたね、何だか。こんなのはクボタの……」

──青石綿を使った水道管ですね。

「それを街中でもバチャバチャぶっ壊してますよ。どうやってぶっ壊すかというと、何もしないで単にこの重機でガンガンとたたく。

これは国道ですね。国道でアスファルトを切っている。国交省が、ここからここまでの道路にはアスベストを入れられますというのをうたっていますんで、こんなほこりが出るようにしてはいけない。

これはホールですね。ここに緞帳《どんちょう》があります。これにもアスベストが入っている。天井裏はみんなこうです。アスベストが吹き付けられている。

豚舎、畜舎、これはお酒をこすところ。消防車、消防基地、耐火金庫、歯医者さん、歯科技工士。歯医者さん、歯科技工士が何で中皮腫で亡くなる必要があるんでしょう。これは、歯型をとって、それをある釜《かま》の中で、これはオーブンですね」

──電気炉、はい。

「この周りが、これアスベストなんですね。

これは学校の給食の揚げ釜だとか御飯炊《た》くところ。ここにアスベストが入っています」

——これはタルクですね。

「ええ。あるいは滑石っていって、滑り台なんかで滑りをよくするために使う。子供が滑って遊ぶ。あの中に、不純物としてアスベストが含有されていることがあるんです。それで、こういうものにもアスベストが入っていますよと。これはうちの会社の近くの建物です。まあ石綿スレート、外壁のサイディング」

——昔カラーベストとかいろいろありましたね。

「そうですね。カラーベストはクボタの商品名ですけれども」

——ぼくも、アンテナ工事するときは気をつけろよと親方によく言われました。

「それから、パッキン、ガスケットのたぐい。ジッポーのライターだとか石油ストーブの芯《しん》とか。あなたはこんなことを今までやったことがありますかとか、溶接したことがありますかとかいうようなときに、これを見せるわけです」

——写真があれば確かですよ、それは。

「でも、これは市販はしないわけです。もちろん私の名前も出ない。これを約十ヶ月ぐらいみんなで。もう交通費がもったいないからやめてくれと言ったんですけどね。やっと多分遂行されると思うんですけどね」

――やっぱり具体的な、こういう現場の、どういうところでアスベストが、という写真がないと、わからないですからね。

「もう一つ、新聞記事も、私は趣味ですのでとっています、切っているんですけれども、一年前の新聞ですけれども、例えば中皮腫で亡くなるとか、そういう方の七割が原因不明というんですよ。どこで接触したか不明というんです。その中にＯＬだとか、そういう人たちもいるわけですよ」

――ＯＬで中皮腫で亡くなった人なんかもいらっしゃるわけですか。

「はい。それから、ピアノの椅子《いす》、その裏に麻の布、ジュートが貼《は》ってあるんですが、それがアスベストをロシアあたりから積んできた麻袋が二次利用されていて、それからどうも被曝したのではないか、というケースもあるんです。ですから、いま言いたいのは、一般の方たちへの啓蒙《けいもう》が一番重要なんだということです」

――そうですね。みんなそんなアスベストを使っている電気室だとかボイラー室だとか、そういうところにはまず入らないから、それは問題ないだろうというふうに、今はまだなっていますからね。

「そうじゃないんですよ。写真見たら誰でも危険だということがわかる。これはセンセーショナルだからだめって言われたもので、天井裏に、これは冷暖房ですけれども、先ほどの写真のようにアネモっていうのがあるんですよ。アネモというのは空調の吹き出しのことを言うんです。だけどアネモは削られた」

——なるほどね。

「先ほどのエレベーターも削除ですよ。やっぱり国は隠蔽体質がありますね。AIDSやなんかと同じです。薬害AIDSと基本構造は同じです。

要するに、だれでもがなるんですよ。理由は、天井裏に吹いてある。そこに空気の吹き出し口がある。天井裏を換気している。昔換気してたの。ダクトを使ってない時期が一時期あって。天井裏もったいないって。アスベストがある天井裏を換気させてたんです。そこから事務所の方に上から下に吹き出していた。だから、事務員も全員曝露しているんですよ。エレベーターでも何でもみんなそうですよ。ドアがあいたら空気がこう来るんですから。そういう写真を出したんだけども、要するにセンセーショナル過ぎるから削除ということになっちゃった。言いたいことはそういうことなんですよ。だから、だれでもがなりますよ。

それから、私はどんな民間の家に行っても、今まで調査をいっぱいしました。RC

（鉄筋コンクリート）もS造（鉄骨造）、民家も、農家も。私が見て、アスベストがなかった建物は一軒もない。この七〜八年以前の建物でしたら、全部どこかしら私が発見する、露見します。何しろまだ平成の時代でも、アスベストを購入している人はいるんですからね。使用を禁止したのは、何しろ二〇〇四年の十月ですもの」

除去工事のむずかしさ

「二〇〇五年のアスベスト騒動の前に、騒動が六月の二十九日なんですけど、その前までにこの地方でアスベストの除去を専門にやっていた会社は七社しかないんです。七社だったんです。当社もそのうちの一つ。それが今は九十社ほどあるんですよ」

——ああ、そんなに……。

「だれでもがしていいのかというのが、私の疑問なんですよ。それから、作業者にどれだけの危険手当というか、あるいは危険性を認識させているか……」

——ことしの夏休みは本当に多かったでしょうからね。

「もう当社の仕事も含めてですよ、パーフェクトな仕事なんて一件もないんですよ。今この地方の労働基準監督署が、アスベストの届け出が出ているのは上半期で百二件と言っていました。だから、届け出が出ないのは多分二割ぐらいあるでしょう。なぜ二割の方たちは出さなかったかというと、まずアスベストに無知であったこと。建設会社の社員であるのに。これがそうだと思わないとか。それから、これ(カネ)がかかっています。届け出なんか面倒くさいといって出さなかったのが、私は水面下では二割だと思っています。その前はもっと多かったですけどね。それが一つ。

それから、先ほど言いましたようにアスベストを除去する会社が十倍以上にふえちゃった。その作業をやられている方たちは、本当にいいんだろうか。その会社はまともなんだろうか。例えばマスクだとか何かは、一日に四回も五回も取りかえるのに、ある会社ではもう一現場一個だとか、あるいは防護服みたいなのを干してあると。そうすると、我々専門業者と、きのうきょうできてきた、私は〝タケノコ族〟と言っているんですけれども、それらと同じ土俵で戦っているわけです。うちは仕事がとれないんですよ。

それから、官庁が発注を出しています。何とか小学校とか何とか中学校、高校。それらの発注が、官庁は間違えてますけども、もうだれでもやれ、安ければいいと。だから手を挙げて安くできる、そこに決まっちゃうんです。うちでは一千万ぐらいかかるだろうなと思うのが、今二百万、二百四十万で落札してますよ。うちはどんなことをやっても二百五十万ではできない。なぜなら、二百万ぐらい、防護服だとかマスクだとか捨てるから。それでいいの、と思うわけですよ。

現実には、姉歯とヒューザーと木村建設とが合併するような状況を今アスベスト除去の現場でやっているということ。その被害者はだれですかというと、皆さんです。

それで、作業者の健康管理の方も問題なんですけどね。要するに被曝手帳みたいなものをつくる義務があるんですよ。この方たちは身体《からだ》に不調が出てきたら訴えるわけです。どこでも訴えていいわけですね。こういう人が、どこどこの現場に、いつからいつまで入りましたと証明できるわけです。被爆手帳と同じです。X線なんかとも、放射線とも同じ様式です。こういう現場に入りましたよ、証明してください。それから健康診断の記録も記入するわけですね。やめるとき、この人たちに渡しちゃうわけです。あなたはうちの会社だけじゃなくてほかの会社に行くかもわからない、あるいはこれからコックになるかもわからない。何やってもいいです。亡《な》くなる前に、あるいは肺がちょっと調子が悪くなったなと思ったら、これを持って訴えなさいと。どこを訴えるかというと、国を訴えなさいと。まず最初に、まだその会社があれば、その下請けの会社。なければ当社。当社がなければ、つぶれていれば、清水建設や鹿島建設に訴えればいいと。で、清水も鹿島もつぶれてたら、国を訴えなさい。駆け込みなさいと。そうしたら、あなたが死ねば、今二百八十万、あるいは死ななくても病院に通うんだったら医療費と交通費が減額になるとか、そういうようなこと。一番大切なのは、我々から見ると私も含めて作業者。

この方たちが、今何千人、何万人といるわけですね。同じ土俵で闘っているわけです。アスベストの何たるかを知らないで、やっているわけです。だから、それが恐《こわ》いんです」

――それですね。アスベスト除去の入札には最低制限価格制度やそれに似た失格基準価格を設けて、この価格を下回る入札は自動的に失格としてしまう措置などもあると思うんですが……。

「今はほとんどが低入札以下でできます。ただ、私は専門屋だから、その調査だとか何か頼まれるわけです。当社だとか国の資格を持った……アスベストには実際上国の資格があるんです。審査証明というのが。もう二十年前からありますよ。

ところが、今やってる人たちは、もうかればいい、忙しいから。どんどんやってますよ。物の考え方の一つとして、だれでもいいよと。ともかくアスベストが早く世の中からなくなればいい、そういう考え方を時々私もすることがある。それが一つ。

それから、本当のプロの専門家である当社なんかは、仕事がとれない。そうすると、同じ仕事をやっていながら土俵が違っている。モンゴルで日本の相撲をやっているようなもんで、これは勝負にならないということで、もうこんな地方の業者は閉鎖しましょうというのが私の意見なんです。これ、日本全国みんなそうです。同じです」

——国の今の姿勢自体も、新自由主義で競争させて戦わせようということになっていますからね。

「私が一番昔から言っていたのは、これはかなり前なんですが、全部縦割り行政なんですよ。厚労省、つまり労働基準監督署。それから例えばここで言うと環境対策課。これは大気汚染防止法の観点で、環境省の管轄《かんかつ》。そうすると、現場に訪ねてきますけれども、一方はここからここしか見ません。もう一方はここからここしか見ませんで、一気通貫に全《すべ》てを見通す人がいない。そうすると、本当にそれでいいのと。もう一つは、これも前から私が言うんですけど、Gメンというか、あるいはＮＰＯというか……」

——不適切なアスベスト除去工事を見付けたり、アスベストの飛散が心配されるビルの解体がきちんとなされているかを監視する〝アスベストGメン〟みたいなのは必要かもしれないですね。

「でも言いにくいんですけど、非常に言いにくいんですが、当社の仕事だって、これほど完璧《かんぺき》にチェックしているんですよ、デジタルでも何でもそういうもので。それから、そんな機械見たこともないという人もいるんです。デジタルで二十四時間、その部屋の中から空気が漏れてないかというのをはかる機械だとか、いろいろあるんですよ。そういうのは見たこともないっていう人がいますよ。ほかの同業者さんは。それは問題だと思うのですけれども、土俵が違うなと思いました。そこまで言えないですけどね。

ぜひアスベストについて世の中を啓蒙するために本など出してもらいたい。私がやりますと、ちょっと問題がありますので」

――あとは、バブルのころからだと、露出配管、打ちっぱなしの建物とかああいうのが随分ふえてきて、昔あったやつをわざわざ天井はがして配管を露出させたりするようなお店とかいっぱいふえて……。

「パーマネント屋とか、喫茶店だとか」

――飲み屋さんなんかでも。僕も工事をしてるから、ああいうお店は何となく嫌で、つまり全部シール材とかでもアスベストを使ってただろうし、幾ら撤去したといってもね、でもそういうのがもてはやされた一時期があったたっていうのが。

「そうです。設計事務所で。おっしゃられるとおりで、それを天井スケルトンという言い方をするんです。一時期はやったんです。一番最初のはやりは、赤坂のディスコでやったものがあるんですけれども。だから、要するにむんむんとしているところで、第三者がだれでもが接触する機会があるということを私は言いたいんです。特定な職業に労災はぶつけますけれども、そうじゃないんだと」

――うん、うん、そうですね。

「私はアスベストが含まれているいろんなものを集めて、博物館を個人的に家で、世の中からなくなっちゃうから早く集めておきたいなと。もちろん完全に梱包《こんぽう》しておきます。例えば理科の実験の石綿のあれで、実物はどこという、私は逆証的に、こういうものだよということを。世の中からなくなっちゃう前に。例えば火鉢の灰であるとか、いろんなものがありますよ。もう考えつかないぐらいいっぱいいろんなものがある。私ですらわかんない」

終章　親方との一夜

身を守るのが精一杯だった

アスベスト禍の取材をはじめることになり東京へ行ったさいに、親方とひさしぶりに会ってじっくり話す一夜を持ちました。

二〇〇六年二月一日、ぼくは、新宿のアルタ前で親方を待っていました。めったに私用では街に出てこない人なので、待ち合わせ場所をどこにするか迷ったのですが、仕事をしているときは、親方は昼にタモリの「笑っていいとも!」は必ず観《み》ていたので、アルタ前なら分かるだろう、と思ったのです。当時ぼくのほうは、親方の自宅の台所で、弁当を食べ終わると、ワゴン車の助手席で仮眠をとったり、急ぎの原稿を書いていました。

アルタ前は待ち合わせの若者たちでいっぱいで、すこし場違いのような感じもしました。約束の午後六時少し前に、スーツ姿の親方が新宿駅のほうから横断歩道を渡ってくるのが見えました。

スーツ姿の親方を見るのは、役所から発注された工事の現場説明会(現説と呼んでいました)や、近くの喫茶店に場所を移して行う談合(昼日中、図面を手にした業者がぞろぞろと喫茶店に入っていくのですから、何がおこなわれるかは知っている人には一目瞭然《りょうぜん》ですが、特に周りをうかがうようなことはありませんでした)、そして入札、というそんなときに限っていました。その席に、ぼくも何度か同席することもありました。

ぼくは、自分が文学賞を受けたときのパーティーの折りには、必ず親方を呼ぶことにしていて、仕事を辞めてからもたまに会ってはいたのですが、親方は酒を飲まないので、パーティーでは立ち話程度でわかれ、じっくりと話をすることはありませんでした。

傘をさすほどでもない小雨の降る中、ぼくたちは、新宿の末広亭のそばの薩摩《さつま》料理の店へと向かいました。そこは、ぼくが週刊誌の記者をしていたときに、郷土料理の特集記事を書いたときに取材をしてから馴染《なじ》みになった店でした。もっとも、仙台に越してからは新宿で飲むことも少なくなり、店に顔を出すのは十年以上経《た》っていました。その店にしたのは、親方の元で働いていたときに、編集者との打ち合わせなどの際にその薩摩料理の店で、薩摩揚げや地鶏《じどり》の刺身などの肴《さかな》で酒を飲んだ話を翌朝すると、地鶏の刺身なんてしばらく食ってないなあ、と懐《なつ》かしんでいたのを思い出したからです。

「あんたもすっかり髪が白くなったなあ。でもずいぶん咳《せき》が出なくなったじゃないか」

店のカウンターに座り、まずはぼくはビールを、親方がウーロン茶を頼むと、親方がぼくの方を向いて口を開きました。相変わらず、口ごもるような早口で。「うちで仕事をしていたときは、コンコンコンコン、いつも咳をしていたものな」

そういう親方は、色が黒いのは、相変わらずでしたが、プロレスラーを思わせた身体《からだ》付きが一回り小さくなっていました。

「親仁《おやじ》さんは、ちょっと痩《や》せましたよね」

「糖尿病になって、食事に気をつけるようになったから」

「いまは、現場のほうは」

「倅《せがれ》がだいたいはやってるよ。俺も電柱に登って外灯修理ぐらいはやってるけどな」

「えっ、親仁さん、まだ電柱に登ってるんですか」

とぼくが驚くと、ああ、と親方は少し自慢げに答え、六十八になったよ、と言い加えました。

鹿児島から直送しているという地鶏の刺身をはじめ、きびなご刺、薩摩揚げの盛り合わせなどを次々と頼みましたが、カロリー制限をしているせいか、親方には、朝食にパンを一斤《きん》食べ、昼には弁当のほかにカップラーメンも味噌汁《みそしる》がわりに食べるという、かつてのような食欲は見られませんでした。

「さいきんは、年にいっぺんは田舎に帰ってる。同窓会とかあるから。去年の秋も薩摩料理を食べてきた」

親方が、少し済まなそうに説明し、代わってぼくに、どんどん食べなよ、ときびなごの刺身をすすめました。

親孝行といい、親方孝行といい、自分たちの世代は、こういうことをするのはどうも様にならないな、とぼくは心のなかで苦笑しました。

「電気工事の現場じゃ、なんてったって下手したら感電死するんだから、いまの身を守ることに精一杯で、とても後になって病気になるかもしれないアスベストのことなんか気にかける余裕なんてなかったじゃないか」

アスベストについての取材をしている、ということについて話すと、親方は同意を求めるように言いました。

「たしかにそうでしたよね」

と、ぼくも相槌《あいづち》を打ちました。ぼくは、薩摩焼の黒ちょかに入った焼酎《しょうちゅう》のお湯わりの盃《さかずき》を重ね、親方はあたたかいウーロン茶を飲んでいました。

高圧電流が流れているそばでの作業は、とても緊張を強いられるもので、今でも、眠れぬ夜などに、電気室で高圧トランスがうなる音や、高圧電流が流れている剝《む》き出しの銅帯が誘うように光っていた光景が浮かぶことがあります。

「いまでも、自分が行く現場には、アスベストはまだまだあるよ。それから、あれほど騒いだPCBだって、そこら中にごろごろしてる」

「K電設のF専務は元気ですか」

ぼくは、自分にアスベストの危険性をはじめて知らせてくれた人のことを訊《たず》ねました。

「ああ。社長は心臓悪くして死んだけど、かあちゃんが後を継いで、Fは専務のままで変わらずにやってる」

それからぼくは、思い出すままに、かつての仕事仲間たちの消息や、その勤め先の動向を次々と聞いてみました。

時々電気工事を依頼された中規模の工務店は、工事用のエレベーターから作業員が転落死する事故を起こしたことも影響したのか、バブルがはじけたときに、倒産してしまった。

ぼくに、あそこはヤバイ現場じゃないか、と話しかけてきた設備工が勤めていた新宿区にあった設備会社は、十年ほど前に倒産してしまい、多くの知り合いの職人たちも散り散りになり、今どこでどうしているかは消息がつかめない……。

親方の近所で、一人で大工をしていた棟梁《とうりょう》は、肺がんで六十代で亡《な》くなった。（その棟梁には、ぼくが電気工の見習いになりたての頃、在来工法の木造の家の新築現場で配線工事をしていて、キズを付けてはならない大事な床柱に、ジョイントボックスを木ネジで取り付けてしまい、すごい剣幕でどやされたことがありました。木造の現場でも、壁材や屋根材、それからよく現場で切断加工をしていた外壁に用いるサイディング材などにアスベストが含まれており、棟梁もよくマスクもせずに無防備なまま切断などの作業を行っていたものです。また、バールで天井や壁を落として埃《ほこり》がもうもうと立ちこめている中で、古くなった家屋の改修を一緒に行うこともありました）

小金井にあって、多摩地区の工事をよく一緒に行った設備会社も、会社をたたんで千葉県の別荘へと家ごと越して行ってしまった……。

「Iさんはどうしましたか」

とぼくはたずねました。

Iさんは、親方と同郷で、やはり集団就職で上京し、主に量販店のクーラーの取り付け工事を専門に行っていました。夏場の書き入れ時には、ぼくもよく、手伝いに駆り出されたものです。

「奴《やつ》は、仕事が取れなくなって、もうずいぶん前に電気屋は辞めて、田舎に帰っちまったよ。今はのんびり畑仕事をしてる」

と親方が答えました。

「そうですか……」

F専務のところで働いていた東北訛《なま》りに親しみをおぼえた青森出身の六郎《ろく》さんは……。工事の後の清掃や雑役を受け持っていた名前は知らないままだった出稼ぎの老人は……。ぼくが実質的な現場監督になって、何本もの街灯の新設工事を行った時に、手伝いを頼んだ十六歳のしっかり者だった電気工は……。

他にも、消息を知りたい多くの仕事仲間たちの顔を思い出しながら、彼らの中にも、アスベストによる病気が現れていなければよいけれど、とぼくはすこし酔いのまわった頭で思っていました。

談合は是か非か

「ほんとうに仕事がなくなったよ」

と、親方がひとりごとのように言いました。「指名競争入札から誰でも参加できる一般競争入札に変わっただろう。俺たちが請け負うような数十万、数百万の工事でも、大手の業者が入ってくるようになって、とてもじゃないが、勝負にならない。談合もなくなったし……」

「バブルの頃は、談合でもしなきゃ、だれも儲《もう》けの少ないお役所の仕事をやらなかったですよね」

「ああ、あの頃はそうだったなあ。みんな儲けの多い、民間の仕事をやりたがったからな。みんな、談合で割り振られたから、仕方なく役所の仕事をやっていた。公共工事が少なくなった今では考えられないけどな」

たしかに、官製談合は問題外ですが、そうした零細中小の工事店同士の談合には、そんな事情もあったのでした。

その頃は、談合が行われていたことを告発するときには、名前を明らかにしなければ公正取引委員会が捜査に動かなかったのが、いつからか、匿名《とくめい》の告発でも談合捜査を進めるようになった、とも聞いています。

談合での調整価格よりも価格を下げて入札する業者があり、俗に「談合破り」と呼ばれますが、それは建設会社の営業の仕事を渡り歩いているような人間が、自分の業績を上げるために、「どうせまた会社を移ればいい」という捨て鉢な覚悟から行われることが多かったのです。

郵政民営化などが、実は米国からの要求だったと、「年次改革要望書」の存在を広く一般に知らしめた関岡英之《ひでゆき》氏が、談合についても興味深いことを指摘しています。

「最近は、ひとことでも談合に理を認めればマスメディアから袋叩《だた》きに遭うようなご時世ですが、そもそも談合というものは日本古来の商習慣なんですね。完全自由競争にすればどうなるかというと、資本力・技術力のある大手が独り勝ちして市場を独占してしまうか、せいぜい三～四社のスーパーゼネコンによる寡占《かせん》になってしまうのが関の山でしょう。競争の結果、地方の零細建設会社が軒並み淘汰《とうた》されていくことが本当に日本の国益になるのでしょうか。談合というのは、どこか特定の会社がいつも暴利を貪《むさぼ》っているわけではなくて、すべての成員が限られた利益を薄く分け合うという哲学で緻密《ちみつ》に設計されたシステムなんです。極端な勝ち組も作らない代わりに極端な負け組も出さず、共生しながら社会の安寧を保っていくという、日本人ならではの

智慧《ちえ》ではないかと私は思います。（略）

要するに独禁法や公取委というのは占領遺制のひとつなんです。袋叩きを覚悟で言えば、私は独禁法を廃止して、談合を合法化すべきだとさえ思います（笑）。ですから当然、六年半の占領期間終了後、日本は直ちに独禁法を改正し、大幅に緩和して、もっぱらサボってきたわけですけれども、冷戦時代は米国はなにも文句は言ってこなかった。

それが一変したのが日米通商摩擦のときです。日本は独禁法の運用が手ぬるい、骨抜きになっているじゃないかと、急に米国政府がそれを問題視するようになりました。そのきっかけになったのは関西国際空港プロジェクトです。米国の大手建設会社ベクテル社がこの案件を受注したかったんですね。当時の国務長官ジョージ・シュルツはベクテル社の元社長だった人です。そういう背景で日本の公共事業の入札制度や独禁法行政に米国がいちゃもんをつけてきたんです。

以来、米国は一貫して独禁法の罰則強化、公取委の捜査権限強化を執拗《しつよう》なまでに日本に要求してきました。それがついに成立したのが二〇〇五年だったということなんです。そういういきさつがほとんど語られていないですよね。わずか二十年ほど前のことに過ぎないのに、そもそもの発端が米国政府からの圧力だったことはすっかり忘却されているんです。でも米国は毎年執拗に外交文書で要求し続けてきているんです。そしていつの間にか、あたかも日本の内政課題としてやらなければならない必須《ひっす》の政策課題であるかのように思い込まされているんです」（関岡英之氏講演「表現者」二〇〇六年三月号）

完全自由競争が、零細中小の首を絞める結果をもたらしていることは、親方の話からも窺《うかが》えました。また、アスベスト除去工事にたずさわるNさんも、新規参入業者が雨後の筍《たけのこ》のごとく乱立して、熾烈《しれつ》な価格競争をした挙げ句に、工事の質が落ちてしまっていることを嘆いていたのが思い返されます。

そして結局は、安く請け負った分、末端の職人が、危険性を無視して、充分な安全対策が取られないまま、安く働かされることになるのです。アスベスト被害の歴史をこの国は何度繰りかえせばすむのでしょうか。

「『いつかはクラウン』は、あんたから買ってもらうのを楽しみに、まだ買っていないからね」

心が沈みがちな話題を転じるように、親方が冗談口に言いました。

「いやあ、もうちょっと待ってくださいよ。で、いまは何に乗ってるんですか？」

「ホンダのアコード」

親方の三十坪ほどの自宅の狭い駐車スペースには、自家用車と作業用のワゴン車と、息子さんが作業するワゴン車の三台が神業のように止められていたことをぼくは思い出しました。

またの再会を約束して店を出たぼくは、雨脚が強くなっているなか、親方を送ろうとタクシーをひろおうとしました。

「駅まで歩いていこうや。そうしたい」

そのとき親方がそう言いました。

そうですね、とぼくも頷《うなず》き、伊勢丹《いせたん》のところから地下道へと下りて新宿駅に向かいました。

歳月

三度目の大阪取材から帰ってきた秋の時季に、近所の早津さんが、家庭菜園で育てた、というサトイモを持ってきてくれました。握りこぶし大くらいある泥のついた見事なサトイモでした。

家に上がってもらい、リビングでお茶を飲みながら、その後のアスベスト取材の話などをしました。

「ここからだと、やはり遠くの見え方が違うね。うちよりも高いところだから、視界がもっと広がってみえる」

話の合間に、ふっと外を眺めて早津さんが言いました。

「晴れた日には遠くの海まで見渡せるのと、春から秋にかけては手前と両脇《わき》の山の木々の緑が見えるのが気に入っているんです。特に、もうじきの紅葉の頃、ケヤキの木が金色に色づくのを見るのを愉《たの》しみにしているんです」

と、ぼくが正面右下に見えるケヤキの木々を指しながら言うと、早津さんは、意外なことを言いました。

「ああ、あのケヤキは、私がいずれハンモックを吊《つ》るしたいと思って、裏の林に二本、苗木から植えたんですよ。もう三十年になるかな」

今まで何年も毎日眺めてきたケヤキの木が、早津さんの手によるものだった、ということを知ってぼくは驚きました。と同時に、三十年、という年月を思いました。

そういえば、泉南地域で話を聞いた柚岡さんが、全羅南道から父親に連れられて来てアスベストの仕事に携わった青木さんが昔働いたトタン屋根の小さな工場の場所を探し当てることができたのは、そこにあった大きな木を思い出したからだった、と教えてくれたものでした。

「ケヤキはどんどん大きくなって、そのうち私も忙しくなって、結局ハンモックはしなかったけど」

早津さんの言葉に笑顔で頷きながら、ぼくはもう一度、三十年、と心のなかでつぶやきました。

苗木ほどに萌《きざ》していただけだったアスベスト禍への不安も、三十年という歳月の間にいつしか大木のように確実な大きな災禍へと増長していたのです。

二〇〇六年十二月十七日、アスベスト被害を受けた下請け労働者や遺族、退職者たちによって「アスベスト・ユニオン」が結成されました。正社員に比べて権利が補償されにくい立場の被害者が地域や企業の立場を越えて協力し、企業に補償や情報開示などを求めていくということです。

親方との一夜でも話が出たとおりに、この建築不況で、ぼくのかつての建設現場で一緒に仕事をした仲間たちが全国津々浦々に散らばってしまっています。消息がつかめない仲間も数多くいます。彼らもまた、アスベストの被害を受けていないか、咳《せ》き込んでいないか、苦しんでいないか、困っていないか。

そんな中で、もしもどこかでこの本を見かけて手に取ることがあり、少しでも役立てたとしたら、またかつてのぼく自身のように、吸ってしまったものは仕方がないとあきらめていた仲間に、泣き寝入りはしないという勇気を与えることができたとしたら、という祈りに似た思いもあって、ぼくはこの本を書いたのです。

参考文献・取材協力者一覧

参考文献

広瀬弘忠『静かな時限爆弾　アスベスト災害』新曜社　1985年

海老原勇『労研ブックレット3　建設労働と石綿・アスベスト――肺癌《はいがん》・悪性中皮腫《ちゅうひしゅ》・石綿肺予防と補償のために』労働科学研究所出版部　1996年

森永謙二編著『アスベスト汚染と健康被害』日本評論社　2005年

宮本憲一、川口清史、小幡範雄編『アスベスト問題　何が問われ、どう解決するのか』岩波ブックレット　2006年

粟野仁雄『アスベスト禍　国家的不作為のツケ』集英社新書　2006年

森永謙二編『職業性石綿ばく露と石綿関連疾患――基礎知識と労災補償』改訂新版　三信図書　2005年

中皮腫・じん肺・アスベストセンター編『図解あなたのまわりのアスベスト危険度診断』朝日新聞社　2005年

大阪じん肺アスベスト弁護団編『アスベスト被害者救済のための労災補償・健康管理手帳・アスベスト新法活用法』大阪弁護士協同組合　2006年

中皮腫・じん肺・アスベストセンター監修『医療関係者のためのアスベスト講座　石綿関連疾患――診断・ケア・予防』労働者住民医療機関連絡会議　２００６年
ファン・ゴンザレス　尾崎元訳『フォールアウト　世界貿易センタービル崩落は環境に何をもたらしたのか』岩波書店　２００３年
「日経エコロジー」２００６年11月号
・アスベスト訴訟原告団の意見陳述は、弁護団の許可を得て、ＪＥＣ日本環境会議のＨＰを参照引用させていただきました。

取材協力者

柚岡一禎(「泉南地域の石綿被害と市民の会」代表世話人)
大崎敦司(朝日新聞敦賀支局長)
下地毅(朝日新聞大阪本社社会部)
三浦元彦(東北労災病院呼吸器内科部長、東北アスベスト疾患ブロックセンター長)
海老原勇(しばぞの診療所、職業性疾患・疫学《えきがく》リサーチセンター理事長)
三浦溥太郎(横須賀市立うわまち病院副院長)
阿部茂樹(阿部内科医院長)
・肩書は二〇〇六年現在のものです。

十三年目のあとがき（岩波現代文庫版への）

本書は、単行本としては今から十三年前に出た、ぼくにとっては唯一のノンフィクションとなります。

二〇〇五年六月にクボタショックが起きたのがきっかけとなって、取材とともに執筆に取りかかり、二〇〇七年二月に刊行されたものです。アスベストと関わりを持つこととなった半生の履歴とアスベスト禍を追った本書を、クボタショックから十五年となる区切りの年に、版元をかえて再刊していただく運びとなりました。

アスベストの後遺症による体調不良に悩まされながらも、厄年をどうにか凌ぎ、そろそろ五十の坂に差し掛かろうかという時期の仕事に、還暦を過ぎた年回りで、十三年目のあとがきを記すこととなった次第です。

この十三年の間には、本書で触れた事柄にも、さまざまな変化がありました。

まず、大阪・泉南地域の石綿工場の元従業員や近隣住民らが国を相手に起こしたアスベスト訴訟は、二〇〇六年に最初に告訴に立ち上がったのは八名でしたが、二〇〇九年には2陣訴訟も提訴され、最終的に1陣、2陣合わせた原告は八十九名(被害者五十九名)にまで増えました。

1陣訴訟に対しては、二〇一〇年五月十九日に、アスベスト健康被害の国家賠償請求における訴訟としては初めて国の責任が認定される判決が大阪地裁(小西義博裁判長)によって言い渡されました。(ただし近隣被害者の請求は棄却)

これを受けて、原告らは厚生労働省・環境省前や首相官邸前で控訴断念を求める要請行動を展開し、国の控訴断念に向けた気運が高まってきたかに見えましたが、小沢鋭仁環境大臣(当時)が控訴断念の意向を表明し、同時に長妻昭厚生労働大臣(当時)も同じ意向であることを明らかにしたものの、五月三十一日の夜に開催された関係閣僚会合の結果、国は控訴を決定しました。

そして、二〇一一年八月二十五日の大阪高裁(三浦潤裁判長)の判決では、一転して国の責任を否定し、原告の逆転全面敗訴となりました。判決文の中に、〈弊害が懸念されるからといって、工業製品の製造、加工等を直ちに禁止したり、あるいは、厳格な許可制の下でなければ操業を認めないというのでは、工業発展及び産業社会の発展を著しく阻害するだけではなく、労働者の職場自体を奪うことにもなりかねない〉とあるのを読んで、ぼくは、労働環境および生活環境における死傷事故や健康被害を〈弊害〉といってはばからず、人の生命や健康よりも産業の発展を優先すべき、と言わんばかりの内容に、強い憤りがこみ上げてくるのを覚えました。と同時に、当時は東日本大震災による原発事故が起こったばかりでもありましたから、こうした主張によって原子力発電所の再稼働が認められるようなことがあってはならない、という危惧も抱きました。

そのような不当と思える判決があったものの、2陣訴訟(原告五十五人・被害者三十三人)に対しては、二〇一二年三月二十八日に大阪地裁(小野憲一裁判長)は再び国の規制権限不行使の責任を認める判決を下し、二〇一三年十二月二十五日、大阪高裁(山下郁夫裁判長)も国の責任を認め、国に対して総額三億四四七四万円の支払いを命じる判決を言い渡しました。

そして、1陣、2陣ともに統一判断を示すこととなった最高裁(白木勇裁判長)は、二〇一四年十月九日、昭和三十三年五月二十六日から昭和四十六年四月二十八日までの間、国が規制権限を行使してアスベスト(石綿)工場に局所排気装置の設置を義務付けなかったことが、国家賠償法の適用上、違法であると判断し、五人の裁判官の全員一致で国の責任を明確に認めました。

一、二審で原告側が勝訴していた2陣訴訟については、国の賠償を命じた大阪高裁判決が確定。二審で原告が敗訴した1陣訴訟については、改めて賠償額を算定するため審理を同高裁に差し戻しました。（ただし、原告側が併せて主張していた粉じん濃度の規制と、防じんマスクの着用義務付けについては、一九七二年制定の労働安全衛生規則とそれに伴って再制定された特化則によって義務付けられているとして、国の違法性を否定しており、昭和四十七年以降に就労した原告の請求が棄却され、原告八十九人のうち七人は敗訴が確定するなど手放しで喜べる内容ではありませんでした）

この判断を受けて、国は、アスベスト（石綿）工場の元労働者やその遺族の方々が、国に対して訴訟を提起し、一定の要件を満たすことが確認された場合には、訴訟の中で和解手続きを進め、損害賠償金を支払うと表明しました。

この八年にわたる一連の裁判の流れは、原一男監督によるドキュメント映画『ニッポン国VS泉南石綿村』（二〇一八年）に詳しく描かれています。ぼくもスクリーンを通して、かつての取材で出会った被害者の岡田陽子さんをはじめ、「泉南地域の石綿被害と市民の会」を結成した裁判支援の中心人物である柚岡一禎氏、弁護団の皆さんらの姿と感慨深く再会することができました。

また、現在全国各地では「建設アスベスト訴訟」の裁判が行われていますが、神奈川県の元労働者と遺族らが、建設現場でアスベストを吸い込み、肺がんや中皮腫になったとして、国と建材メーカーに、元労働者一人当たり三八五〇万円の損害賠償を求めた訴訟の上告審弁論を、最高裁(深山卓也裁判長)が二〇二〇年十月二十二日に開くと決めました。ほかに東京、大阪、京都の各地裁で起こされた同様の訴訟も上告されていますが、国がアスベストの危険性をいつ認識し得たかなどをめぐる高裁の判断が分かれており、最高裁が来年にも統一的な判断基準を示す可能性があるとされています。

十三年の歳月の間には、尼崎のクボタの旧神崎工場周辺で中皮腫に罹患したとして、クボタショックの幕開けとなった記者会見をおこなった土井雅子さん、前田恵子さん、早川義一さん(本文では当時の報道のままHさんと表記)も他界しました。それまでは、中皮腫は一〇〇万人に一人罹る珍しい病気だといわれていましたが、二〇二〇年六月十五日現在、当地での環境被害による中皮腫の死者・患者数は、患者支援団体「尼崎労働者安全衛生センター」がクボタに提出を確認した書類で三五六名にも上りました。

本書の刊行をきっかけに知り合った、仙台の中皮腫患者で「宮城県アスベスト患者家族の会」代表の上原長吉さんは、二十代の頃に、一九六四年の新潟地震後にビルの建築ラッシュとなった現場で電話線工事にたずさわってアスベストの曝露にあったということで、電気工だったぼくとも共通の体験があることから親しみを覚え、アスベストについての情報交換だけにとどまらず、居酒屋へご一緒したり、共通の趣味の落語のCDを貸していただいたり、集合住宅の拙宅で長屋の花見としゃれたり、といった付き合いをしてきました。趣味でマラソンの大会に出るなど、もともと肺には自信を持っていた上原さんでしたが、二〇一〇年の年明け早々に亡くなりました。補償を受けるための中皮腫の確定診断を得ることの大変さを訴えていたことが忘れられません。

アスベスト禍による死者は、予測どおりに年々増加の一途をたどっており、日本の二〇一七年の中皮腫の死亡者数は一五五五人を数えます。日本よりもアスベスト使用の開始、禁止ともに約二十年早い英国では、被害のピークは越えつつあるとみられていますが、それでも年間約二五〇〇人が中皮腫で亡くなっており、石綿使用量が英国の二倍近くで規制も緩かった日本では、これから死者数がさらに多くなるとみられ、被害のピークが見通せない状況です。

二〇一二年には、山口県の准看護師が中皮腫を発症したのは、一九八一〜八六年に医療用ゴム手袋を再利用するため、アスベストを含む粉(タルク)を使った作業をしたのが原因として、山口労働基準監督署が労災認定するということもありました。現在は、アスベストを〇・一％以上含むタルクの製造や使用は禁止されていますが、ゴム手袋等の再利用のために、アスベストが含まれるタルクを利用することは、一九八〇年代まで一般的に行われていました。

もちろん、中皮腫だけではなく、アスベストによる肺がんや石綿肺などによって亡くなった人もおり、その数も加えれば、二〇一七年のアスベスト関連疾患による死亡者数は、中皮腫に対し肺がんは二倍との世界保健機関（WHO）などによる推計を考えると四五〇〇人ほどとなります。（これには異説もあり、実態をより詳細に把握していると思われる全国労働安全衛生センター連絡会議は、アスベスト調査や除去工事などの基準が緩い日本では、年間二万人近い死亡者に達している、と推計しています）

まだまだアスベスト問題は終わっていないのです。

二〇一一年三月十一日には東日本大震災があり、仙台に住むぼくも被災することとなりました。

一九九五年の阪神・淡路大震災では、倒壊した建物の解体作業に従事した労働者が、十三年後にアスベストが原因の中皮腫を発症し、労災認定を受けた前例が既にあります。また、二〇一二年に亡くなった作家の藤本義一氏は、晩年、中皮腫を患っていることがわかりましたが、それは阪神・淡路大震災後に復興支援活動に熱心に取り組んだことで長期間にわたりアスベストを吸ったことが原因かもしれない、とご遺族は訴えています。

地震や津波、火災といった災害は、ふだんはシートで覆われていて一般の市民の目には留まることの少ない、建設現場や解体現場の光景を剝き出しにします。そのために、近隣の住民やボランティアなどの一般市民も労働災害を蒙ることになりかねません。実際、ぼくが津波の被災地を訪れたときにも、埃っぽい空気の中、マスクをせず、咳をしている人たちが多い印象を受けました。再生採石の中に、アスベストが含まれていることもありました。大学生など若者のボランティアが、将来アスベストが原因の病気にかかることは何としても避けなくては、とぼくは強く思ったものでした。

さらに原発事故が起こり、防護服を着て、口の両脇に大きなフィルターの付いた全面マスクを装着している作業員たちを目にするたびに、ぼくは取材で体験したアスベスト除去作業の現場のことを生々しく思い出さずにはいられませんでした。そうして、特に猛暑の中での作業は肉体的にさぞ苦しいことだろう、と想像しました。

現在はまた、新型コロナ禍にも見舞われることとなり、医療従事者たちが防護服と

N95マスクで身を守っている光景もテレビの報道などで多く目にするようになりました。皮肉なことではありますが、放射能やウイルスなど、アスベスト同様に目に見えないものへの恐怖や、高度成長期の後始末として現在でも数多く行われているアスベスト除去工事に携わっている作業員たちへの想像力は、一般の市民も持ちやすくなっていると言えるかもしれません。

そして、現在アスベスト禍に苦しんでいる労働者や工場の周辺住民たちは、かつてマスクも与えられずに、目に見えないリスクに長い間さらされ続けていた、ということにも思いを馳せてもらえればと願っています。

末筆ながら、本書『石の肺』の、本としてのいのちを長らえさせてくださった岩波書店に心から感謝します。

二〇二〇年八月

佐伯一麦

解説　「戦禍」の中で

武田砂鉄

このところ、あらゆる原稿に「コロナ禍」という文字を打ち込んでいるが、「ころなか」で変換を試みても、「コロナ化」「コロナ課」などと出てしまう。パソコンはまだ、「コロナ禍」を知らないのだ。「禍」を素早く出すために、「戦禍」と打ち込んでから「戦」を消す。一度、その作業を忘れ、「コロナ戦禍」と打ち込んだまま原稿を提出してしまい、校正者の指摘を受けて修正したのだが、もはや「コロナ戦禍」でもいいのではないか、という事態が長らく続いた。

目に見えないウイルスの脅威に、目に見える政治の鈍感さが重なり、不安や恐怖が膨らんだ。政治家の対応を問題視すると、彼らはおしなべて、見えないウイルスの脅威について「高い緊張感を持って注視している」などとかわし続けた。私たちが問うているのは緊張感の高低ではないのだが、日に日に増していく実害を前にしても気持ちの表明でどうにかなると思い込むのは、今に始まった事ではない。この国の為政者の特徴と言ってもいい。もしかして、そうやって思い込むことができなければ、就くことのできない職業なのだろうか。

本書の冒頭から、「アスベスト禍」という言葉が出てくる。「コロナ禍」を打ち込む時と同じように、「アスベスト戦禍」と変換してから「戦」の一文字を消すのだが、こちらもまた、このままでも構わないのではないかと思う。

著者は、本書での取材を終えて、こう振り返る。

「取材を通して、アスベスト問題は、この国の現在噴出しているさまざまな問題——企業や国の隠蔽体質。談合。いじめ。耐震構造偽装疑惑。格差社会。差別問題。雇用格差。棄民政策——そうしたものの原点ともいえることにも次第に気付いていきました」

コロナ禍でアスベスト禍を読み、その双方の類似性がどうしたって気になってしまう。何が何でもオリンピックを開催したいとの思いが念頭にあったからか、初動対応は遅れに遅れたが、その経緯は「隠蔽」された。経済対策の補助金交付事業では露骨な「談合」があり、感染者やクラスターを発生させた場所は「いじめ」に遭い、解雇や雇い止めなどにより「格差社会」が広がり、特定の国や地域に対する「差別問題」も浮上した。国内で新規感染者数が一旦落ち着いた六月、麻生太郎財務大臣が、他国の人から「お前らだけ薬持っているのか」と頻繁に聞かれるのだが、「おたくとは、うちの国とは国民の民度のレベルが違うんだ」と返している、と述べた。民度が疑われる発言は問題視されたが、むしろ、こういう姿勢を放任する民度こそ、私たちが変わらずに抱えてきたものなのかもしれない。

コロナ禍とアスベスト禍の共通項を、二〇一一年に起きた「原発事故禍」に、そっくりそのまま当てはめることもできるだろう。国家が、そして、大企業が、個人を傷めつける。そして個人の痛みを矮小化し、ともすれば、その個人の責任に押し付ける。これを繰り返してきたのだ。

著者は電気工として働き始めてからしばらく、あちこちの団地を駆け巡った。これらの団地は一九五五年に日本住宅公団が発足してから建てられたもので、空襲の火災の教訓から不燃住宅とし、プライバシーを確保するための遮音性が求められ、そのためにアスベストが使用されていた。経済成長へとひた走り、「もはや戦後ではない」と急かされた復興の結果として生まれてしまったのがアスベスト禍だった。

一九八四年のこと、「数あるアスベスト現場の中でも忘れられない現場」と述懐する現場が、渋谷にある八階建ての中層ビルの改装工事だ。予算は少なく、工事期間は短く、極端に狭い空間の中で、アスベストの細かい繊維が体に刺さった。家で風呂に入れば、膚に無数の細かい傷ができていた。煙草を吸おうにも「食後の一服を口にしただけで、左の胸の鎖骨の下あたりが重苦しくなり、激しく咳き込むようになってしまいました」。だが、ほかの職人の先輩たちに「毒を以て毒を制すっていうだろう。そんなのは、煙草吸えば直るよ、ほれ」とすすめられれば断ることもできなかった。やがて、痰には、「黄色いかたまりや帆立のキモほどの大きさとなった緑色のかたまりがまじるようになりました」。アスベストに対する不安を耳にすることは少なかった。「それを気にしてたら、われわれの仕事はあがったりですよ」と軽視する声に逆らえなかった。

作家を目指していた著者、仕事で振動ドリルを使った日には、震える右手を左手でおさえながら原稿用紙のマス目を埋めた。やがて受賞した「海燕」新人文学賞、その受賞式の場で、おもわず「華やかな会場の壁の中や天井裏がどうなっているのかが、パーティーの間中もずっと気になっていました」。晴れの舞台でも電気工としての習性が消えなかった。

時限爆弾、と称されるアスベスト被害の恐ろしさが「履歴書」として紡がれていく。「奇跡の物質」とまで呼ばれたアスベストが、発がん性を持つ物質であり、体内に居座ったまま、二〇年から四〇年のタイム・ラグで襲いかかる恐ろしいものであることが世間に周知されるまでには、時間がかかった。二〇〇五年、クボタの従業員ら七十八人が、アスベストが原因のがん、中皮腫などで死亡していた「クボタショック」を知った著者は、「何をいまさら」と感じた。「あのときに、国が徹底的な対策をほどこしていたら……」。

「ぼくは、あえて小説を書くために、金がいいからということや、親や世間が避けていた世界に触れてみたいという思いから建設労働者になったわけですから、自分の場合は自業自得であり、ある意味では、自分の身体を使ってそうやって書けるかどうか自分自身で人体実験したようなものです」

いや、違うと思う。自業自得だ、と、自業自得ではない、に分けてはいけないと思う。このコロナ禍で、自己責任論が根強く蔓延《はびこ》った。無策が続く中で、その無策を責めるのではなく、感染した人の不備や無知を責めた。三浦麻子・大阪大教授らの研究グループの調査によれば、「新型コロナウイルスに感染するのは本人が悪い」と答えたパーセンテージが、諸外国と比べ、日本で突出して高かったという(「感染する人は自業自得だと思うか」に対し、「どちらかといえばそう思う」「やや――」「非常に――」の三つの答えのいずれかを選んだのが、米国一%、英国一・四九%、イタリア二・五一%、中国四・八三%だったのに対し、日本は一一・五%だった)。政治家は、日本社会に根付くこの空気を知っている。そいつが悪かったんだ、そいつの行動がそういう結果を招いたんだ、ほら、ちゃんとしている人はかからなかったでしょう、失業・倒産するって言われても、歯を食いしばって頑張っている人もいるんだからと、個々人に自業自得だと思わせようとする力を働かせて、結果的に自分の立場を守った。

著者は、「アスベストの工場労働者や、ほかの大多数の建設労働者の人たち」は、「国によるアスベスト禍の人体実験をされたといえる」とし、だからこそ、「石綿肺に対する補償は、その犠牲の上に日本の高度成長が成り立っていたものだとすれば、〝高度成長補償〟のような意味からも必要なのではないでしょうか」と語る。補償、という言葉もこのコロナ禍に繰り返し見かけた。自粛と補償はセットであるべき、との主張が続いたが、政府はそれを渋った。本書をめくりながら、「仕事と健康　さあどっち」なる見出しに目が止まる。本来、両方なければならないものが、国策によって選択を余儀なくされた。私たちは今、同じ問いをぶつけられている。

アスベストを吸ってしまった仲間たちに「泣き寝入りはしないという勇気を与えることができたとしたら、という祈りに似た思い」でこの本を書いたという著者。いつの時代も、世の偉い人たちは、個人の泣き寝入りに頼る。「自己責任」で「泣き寝入り」、つまり、自分でなんとかしろ、と迫ってくる。高度経済成長が生んだ公害と、いまだに経済成長を夢見る時代に襲い掛かったウイルスを単純比較することはできないが、あまりに共通項が多い。あまりに変わらない。

「妻と知り合った頃、書店などで待ち合わせをすると、向こうから〝咳〟が近づいてくるので、ぼくがやってくるのがわかった、と彼女はよく言っていました」

どうしても、比較してしまう。向こうからやってくる〝咳〟を、私たちは今、とても怖がっている。本来、その人を怖がるのではなく、この状況を長らく放置してきた国を問題視するべきなのだろうが、私たちはどうしても、目の前で起きていることに反応してしまう。「禍」は、ただ発生するのではなく、発生させる主体がある。そして、「禍」を放置する主体がある。同じことが繰り返される。この繰り返しを諦めずに問わなければ、何度だって、個人が翻弄される。奇しくも、「戦禍」の中で読むにふさわしい作品となった。

（たけだ　さてつ・ライター）

この作品は二〇〇七年二月新潮社より単行本として、二〇〇九年一一月新潮文庫として刊行された。再刊にあたり、現在の知見による最低限の訂正・補記を施した。

石の肺——僕のアスベスト履歴書

2020年10月15日　第1刷発行

著　者　佐伯一麦《さえきかずみ》

発行者　岡本　厚

発行所　株式会社　岩波書店
〒101-8002 東京都千代田区一ツ橋2-5-5

案内 03-5210-4000　営業部 03-5210-4111
https://www.iwanami.co.jp/

印刷・精興社　製本・中永製本

ISBN 978-4-00-602327-0　Printed in Japan

岩波現代文庫創刊二〇年に際して

　二一世紀が始まってからすでに二〇年が経とうとしています。この間のグローバル化の急激な進行は世界のあり方を大きく変えました。世界規模で経済や情報の結びつきが強まるとともに、国境を越えた人の移動は日常の光景となり、今やどこに住んでいても、私たちの暮らしは世界中の様々な出来事と無関係ではいられません。しかし、グローバル化の中で否応なくもたらされる「他者」との出会いや交流は、新たな文化や価値観だけではなく、摩擦や衝突、そしてしばしば憎悪までをも生み出しています。グローバル化にともなう副作用は、その恩恵を遥かにこえていると言わざるを得ません。

　今私たちに求められているのは、国内、国外にかかわらず、異なる歴史や経験、文化を持つ「他者」と向き合い、よりよい関係を結び直してゆくための想像力、構想力ではないでしょうか。

　新世紀の到来を目前にした二〇〇〇年一月に創刊された岩波現代文庫は、この二〇年を通して、哲学や歴史、経済、自然科学から、小説やエッセイ、ルポルタージュにいたるまで幅広いジャンルの書目を刊行してきました。一〇〇〇点を超える書目には、人類が直面してきた様々な課題と、試行錯誤の営みが刻まれています。読書を通した過去の「他者」との出会いから得られる知識や経験は、私たちがよりよい社会を作り上げてゆくために大きな示唆を与えてくれるはずです。

　一冊の本が世界を変える大きな力を持つことを信じ、岩波現代文庫はこれからもさらなるラインナップの充実をめざしてゆきます。

（二〇二〇年一月）

B323
可能性としての戦後以後
加藤典洋
戦後の思想空間の歪みと分裂を批判的に解体し大反響を呼んできた著者の、戦後的思考の更新と新たな構築への意欲を刻んだ評論集。〈解説〉大澤真幸

B324
メメント・モリ
原田宗典
死の淵より舞い戻り、火宅の人たる自身の半生を小説的真実として描き切った渾身の作。懊悩の果てに光り輝く魂の遍歴。

B325
遠い声
―管野須賀子―
瀬戸内寂聴
大逆事件により死刑に処せられた管野須賀子。享年二九歳。死を目前に胸中に去来する、恋と革命に生きた波乱の生涯。渾身の長編伝記小説。〈解説〉栗原　康

B326
一〇一年目の孤独
―希望の場所を求めて―
高橋源一郎
「弱さ」から世界を見る。生きるという営みの中に何が起きているのか。著者初のルポルタージュ。文庫版のための長いあとがき付き。

B327
石の肺
―僕のアスベスト履歴書―
佐伯一麦
電気工時代の体験と職人仲間の肉声を交えアスベスト禍の実態と被害者の苦しみを記録した傑作ノンフィクション。〈解説〉武田砂鉄

2020.10

岩波現代文庫[文芸]

B328

冬の蕾

―ベアテ・シロタと女性の権利―

樹村みのり

無権利状態にあった日本の女性に、男女平等条項という「蕾」をもたらしたベアテ・シロタの生涯をたどる。〈解説〉田嶋陽子

2020. 10